当代最具实力作家散文选 · 肖克凡 卷

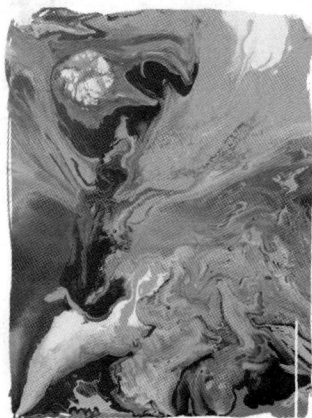

人间素描

肖克凡 ◎ 著

中国言实出版社

图书在版编目（CIP）数据

人间素描 / 肖克凡著 . -- 北京：中国言实出版社，
2018.7
　（雄风文丛 / 王巨才主编）
　ISBN 978-7-5171-2806-9

　Ⅰ . ①人… Ⅱ . ①肖… Ⅲ . ①散文集－中国－当代
Ⅳ . ① I267

中国版本图书馆 CIP 数据核字（2018）第 133842 号

出版发行　中国言实出版社
　　　地　　址：北京市朝阳区北苑路 180 号加利大厦 5 号楼 105 室
　　　邮　　编：100101
　　　编辑部：北京市海淀区北太平庄路甲 1 号
　　　邮　　编：100088
　　　电　　话：64924853（总编室）　64924716（发行部）
　　　网　　址：www.zgyscbs.cn
　　　E-mail：zgyscbs@263.net
经　　销　新华书店
印　　刷　三河市祥达印刷包装有限公司
版　　次　2018 年 8 月第 1 版　　2018 年 8 月第 1 次印刷
规　　格　710 毫米 ×1000 毫米　1/16　13.5 印张
字　　数　200 千字
定　　价　39.80 元　　ISBN 978-7-5171-2806-9

何妨吟啸且徐行

王巨才

二十世纪最后几年，文学界一个引人注目的景观，就是散文热的再度兴起。进入新世纪以来，这种热度仍在持续升温。这其中，尤以反思历史与传统文化的"大散文""新散文"理念风靡盛行，出现一批思接千载、视通万里、谈古论今、学识渊博的作品，给散文园地增添了新的色彩和样态。与此同时，传统意义上靠阅览、回忆、清谈、抒怀等书写人生百态的散文作品，也有一定变革，多数作家不再拘于云淡风轻的个人世界，从远离红尘的小情小感中脱离出来，融入充满生机与活力的现实之中，写出大量贴近大众生活的优秀作品，受到广泛赞誉。大体来说，这二十多年来我国的散文领域一直保持着潜心耕耘，不惊不乍，静水深流，沉稳进取的良好态势，情形可喜。

这套"雄风文丛"的十位作家中，吕向阳和任林举是专以散文创作为职业和志向的散文家，曾先后获得鲁迅文学奖和冰心散文奖，是散文领域的佼佼者。石舒清、王昕朋、野莽、肖克凡、温亚军、吴克敬、李骏虎和秦岭八位则都是久负盛名的小说家，他们的小说作品曾分别获得过鲁迅文学奖等奖项。这些小说家绝不是"跨界融合"，他们的散文毫不逊色，从作品的质量和数量上看，他们从来没把散文当作小说之余的"边角料"，而是在娴熟驾驭小说题材、体裁的同时，也倾心散文这种直抒胸臆、可触可感的表达方式。从这些小说家的散文里，更能感受到他们隐藏在小说后面的真实的人生格局和丰赡的内心世界。

宁夏专业作家石舒清，小说《清水里的刀子》曾获第二届鲁迅文学奖，并被改编为同名电影在东京电影节获得大奖。这本《大木青黄》是他第一本综合性随笔集。书中的"读后感"类，是阅读过程中就一些作品所作的印象式点评，借以体现和整理自己的审美取向和文学观点；"写人记事"类，写到生活中一些印象深刻的人和事，字里行间充满深长的思绪与感怀；第三部分涉及个人的兴趣爱好，比如喜欢体育、喜欢淘书、喜欢书法、喜欢收藏等等，笔致生动活泼，读之饶有兴味；"作家印象记"，知人论事，是对自己"有斯人，有斯文"这一观点的考察和验证。其他如"文友访谈"及往来书信等也都是作家本人工作、生活、思想情感的多侧面展现和流露，从中可以感受到一位知名作家疏淡的性情、厚实的学养和开阔的思想境界。

王昕朋是位饶有建树的出版人，也是创作颇丰的小说家，出版有长篇小说《红月亮》《漂二代》《花开岁月》等多部作品。他的散文视野广阔，感觉敏锐，情思隽永，文笔清新，从中可以看出，他写东西并不求题材重大，也不迎合某些新潮的艺术习尚，而是铺开一张白纸，独自用心用意地去书写自己熟悉的动过感情的生活，从中发掘自然之美，心灵之美，感受生活的芬芳，人间的纯朴。一组美文，构思精巧，意蕴深长，绘山山有姿，画人人有神，充满浓郁的诗意和睿智的哲思。生活中，美的呈现是多样的，刚正不阿、至诚至勇是美，敦厚谦和、博大宽宏也是美。王昕朋发现了这些生活中的人性美，并且抓住极富典型意义的美的细节和刹那间美的情态，用点睛之笔，透视出人物性格的光彩和灵魂的美质，给人以强烈的感染。

天津作家肖克凡的小说获奖无数，让他久负盛名的是为张艺谋担任编剧的《山楂树之恋》。他的散文《人间素描》以老练精短的文字记录一个个普通人物，从离休老干部到"八零后"小青年，极力展现社会生活百态，从而构成生机盎然而又纷繁驳杂的"都市镜像"。在《汉字的望文生义》中，作者讲述中日韩三国文字含义的异同，如日文"手纸"、韩文"肉笔"等汉字闹出的误会，涉笔成趣，令人忍俊不禁。《自我盘点》是作者自我经历的写照，体现了"文学的生命是真诚"的写作观，不论是遥远的往事还是新近的遭逢，都留有成长和行进的清晰足迹。《作思考状》其实是对某些对社会现象的严肃思考，有批判也有自省。《怀旧之作》的一个个人、一件件事、一桩桩情感，虽没有惊天动地的事件与杰出人物，却是作者真情实感的记录。《我说孙犁先生》，文字朴实，情感真挚，表达了对前辈作家独特的认识与由衷的景仰，在伤逝感怀文章中别具一格。

　　与唯美派的散文形成对应，野莽的文字如删繁就简的三秋之树，力求凝练和精准。他在所谓的文化大散文和哲理小散文中独寻他路，主张并实践着散文的思想性和历史感。他往往在颜色泛黄的岁月里打捞记忆，以情绪沉淀后的淡淡幽默再现特殊年代的辛酸和苦涩，每每发出含泪的笑。书中写到的"右派"父亲喂猪的故事正是如此。在文体理论上，他对散文的诠释是自然形成于诗与小说之间的一片辽阔的芳草地，在这里，小说家可以摘下面具，以真身讲述真情和真事；飞天路上的诗人也可以暂回人间，轻松地打开自己的心灵。国外大学选译他的散文作为中国语教材，想来自有道理。

　　温亚军的短篇小说获得过第三届鲁迅文学奖。与小说的虚构不同，他的散文完全忠实于自己的人生经历，大多取材于早年的记忆。他的童年和少年都是在西北乡村度过，记忆中，乡村的生活虽然艰辛，但充满着温暖和亲情。童年的愿望简单而质朴，他写怀揣这个愿望及至实现愿望过程中的满足和愉悦，叙事平实，情感真纯，每每能唤起读者共鸣。记忆的深刻性与性格乃至人格紧密相关，他的记忆之所以筛选出的多是温情暖意，是因为艰苦的乡村生活和淳朴的生长环境塑造了他宽厚善良的品格，《时间的年龄》《低处的时光》等都是通过一段记忆，构成一种考问，一种自省和盘点、一种向往与追求。而像《一场寂寞凭谁诉》等篇什中那些从历史洪流中打捞的点点滴滴，那些被作者的目光深情注视、触摸过的寻常事物，经由他的思考、探索和朴素的表达，也总能引发人们内心的波澜和悸动。

陕西作家吕向阳曾获冰心散文奖。他扎根关中大地，吸吮地域沃土和民间风俗的营养，相继写出《神态度》《小人图》《陕西八大怪》等五十万字的系列长篇散文，这在城市化的车轮即将碾碎老关中背影之际，无疑有着继绝存亡、留住民间烟火的担当。三万字的《小人图》是作者从凤翔木版年画中觅得的一组"异类"和"怪胎"。民间艺人把"小人"的使坏伎俩镌刻成八幅版画，吕向阳的剖析则由此生发开来，重在考问国民的劣根性，着力于诫勉与警省。《神态度》系列是从留在乡民口头的"毛鬼神""日弄神""夜游神""扑神鬼""尻子客"等卑微细碎的神鬼言说中梳理盘辨出来的，这些言说最早在西周之前就出现了，如果忽略它们，将是关中文化的损失，也是中华传统文化的失血。这些追述关中民风村情的散文，需要智慧，需要眼界，更需要广博的知识与执着的耐力，吕向阳付出的心血令人尊敬。

吉林的任林举以报告文学《粮道》获得第六届鲁迅文学奖。他的散文在精神取向上，一向以大地意识和忧患意识见长。他的诸多散文，突出表现即为情感的浓烈和哲思的深刻。而从文章的风格和技巧上考量，他又是一位最擅长写景、状物的作家。凡人，凡事，凡物，一旦经过任林举的笔端，定然会获得不同寻常的光彩或光芒，有时，你甚至会怀疑那人那事那物是否是一般意义上的文学客体；显然，其间已蕴涵着作家独到的理解与点化之功。至于那些随意映入眼帘的景物，经过他的渲染，便有了"弦外之音"和"象外之象"，有了一番耐人寻味的意蕴、情绪或情怀。这一次，任林举以《他年之想》为题，一举推出近六十篇咏物性质的散文，读者或可借此窥得其人生境界或散文创作上的一二真谛秘笈。

吴克敬是第五届鲁迅文学奖获得者，他进入文坛，是一种典型，从乡间到了城市，以一支笔在城里居大，他曾任陕西一家大报的老总。他热爱散文，更热爱小说，笔力是宽博的，文字更有质感，在看似平常的叙述中，散发着一种令人心颤的东西，在当今文坛写得越来越花哨越来越轻佻的时风下，使我们看到一种别样生活，品味到一种别样滋味。从吴克敬的作品中，能看到文学依然神圣，他就是怀着这样的深情，半路杀进文学界的。他五十出头先写散文,接着又写小说,专注于文学创作的他,看似晚了点,但他底子厚、有想法,准备得扎实充分,出手自然不凡。社会生活的丰富多彩和纷扰烦乱,在他人,只是领略了些许表面的东西,吴克敬眼光独到,他能透过表面,发现潜藏在深处的意蕴。他写碑刻的散文,他写青铜器的散文,都使我们惊叹其对历史信息的捕捉与表达,更惊叹他对现实生活的挖掘和描述,散文《知性》一书,充分展现了他的文学才华。

作为鲁迅文学奖获得者,山西作家李骏虎以小说成名,但从他的创作轨迹不难发现,他的散文写作历史更长。他以散文写作开始文学生涯,兴趣兼及随笔和文学评论。在把小说作为主要的创作形式后,李骏虎从来没有放弃散文,他的笔触始终跟随脚步所到之地,无论出国访问还是国内采风,都"贼不走空",写出一篇篇具有思想华彩的散文作品,体现出朝学者型作家迈进的趋势。《纸上阳光》是李骏虎近年读书阅史沉潜钻研的成果,从"纸上得来未觉浅"和"阳光亮过所有的灯"两组系列文章不难看出,一个具有小说家飞扬想象力和史学家严谨治学态度的人文学者是如何苦心孤诣辛勤笔耕的。

近些年来,实力作家秦岭在《人民日报》《光明日报》《中国作家》《散文》《文艺报》等报刊发表大量散文随笔,叙说自己在生活与文学之间行走的发现与思考。他善于在历史和时代的交叉点上思考人生与社会,注重视角的多重选择和主题的深度开掘,既有对乡情的深深眷恋和回味,也有对自然和生态的无尽忧虑和追问,更有从自身阅读和创作经验出发,对当下文化、文学现状的深刻反省和诘问,从而使叙事富含思辨色彩、反思力量和唤醒意识。构思新颖、意境高远、韵味悠长。其中《日子里的黄河》《渭河是一碗汤》《走近中国的"大墙文学"之父》《烟铺樱桃》《旗袍》等作品,多被北京、广东、天津等省市纳入高中语文联考、高中毕业语文模拟试卷"阅读分析"题,受到专家好评和读者的欢迎。

文章合为时而著,歌诗合为事而作。在众多文学样式中,散文是一种最讲情理、文采,最能充分表达作家对时代生活的真情实感,也最能发挥作家艺术修养和文字功力的文体。《文心雕龙》讲："情者文之经，辞者理之纬；经正而后纬成，理定而后辞扬，此立文之本源也。"情有健康晦暗之分，辞有文野高下之别。作家的使命，是以健康思想内容与完美艺术形式相结合的作品去感染人、影响人、塑造人，进而推动历史发展和社会文明进步。纵观"雄风文丛"的十位作家，他们经历各不相同，创作各有特色，共同的是，他们都把文学当作崇高的事业，始终以敬畏的心情对待每一次创作、每一篇作品；他们与人民群众保持着密切的联系，坚持从丰富多彩的现实生活中获取创作资源和灵感；他们有高尚的艺术追求和鲜明的精品意识，竭力以精美的精神食粮奉献广大读者。正因为如此，他们的作品总能较为准确地反映时代的本质、生活的主潮、人民的呼声和愿望，总能给人审美的愉悦、心智的启迪与精神的鼓舞与激励。或者换句话说，在我们看来，这套丛书里的作品，正是当下社会需要、人民期待的那种弘扬主旋律，传播正能量，有道德、有温度、有筋骨又有个性和神采的作品。中国言实出版社精心组织这样一套丛书，导向意图不言自明，其广受读者欢迎和业界重视的效应，自可期待。

（作者系中国散文学会会长、中国作家协会原党组副书记）

目录

第一辑

东奔西走

寻找那个名叫固镇的地方

一、抵达固镇

2004 年是天津建城 600 周年。2003 年夏天，天津文学院作家们骑自行车沿大运河南路采风，历时 3 天抵达沧州，亲身感受到运河沿岸的文化传承，一路长了不少见识。今年夏季我们又组织作家们骑车沿运河北路采风，走武清过宝坻，最后到达蓟县，收获很大。

金秋九月，我们动身前往安徽采风，主题是文化寻根。天津作家为什么到安徽寻根呢？这还要从头说起。

天津口音与周边地区毫不搭界，既不同于近邻的北京，也与鲁方言关系不大，环视四方，还是难觅母语源流。天津话以其强烈的个性，给人奇峰突起的感觉，仿佛"飞来峰"从天而降，却又不知峰来自何方。因此被称为"天津方言岛"。其实类似现象还有杭州话，由于弱宋南渡带来中原方言，渐渐形成了有别于周边地区的杭州口音。可天津方言来自哪里呢？不大清楚。我们只知道明朝有燕王扫北。后来燕王率兵南下夺了侄儿建文帝皇位，即明成祖朱棣。天津，乃是天子渡河的地方。天津口音，无疑来自移民。中国北方普遍有"洪洞县大槐树"之说，恰恰印证了当年的大迁徙。

大约十几年前，我从一篇文章里得知，天津史志工作者曾在 20 世纪 70 年代为了寻找天津方言源头，来到皖北宿州凤阳一带踏勘，通过多日艰苦的田野调查终于在淮河以北一个名叫固镇的地方找到了与天津话极为近似的方言，于是颇为振奋。天津方言之"母地"，初步锁定于此。

我是谁？我从哪里来？这是人类共同的追问。因此当年我牢牢记住了固镇这个地名。只要打开安徽省地图，便可以看到固镇坐落在蚌埠以北的浍河北岸，无疑是个小地方。然而，小地方往往蕴涵着大内容。历史正是这样，可以将大的变小，也可以将小的变大。譬如古楼兰，譬如新深圳。

文学有时候应当成为一场行动。适逢天津建城六百周年，我们决定前往安徽固镇寻找"天津话"。为了深入民间采风，当即决定先去王庄花生大集市，零距离接触原汁原味的固镇方言。天公不作美，大雨不止，弄得王庄集市空无人影，只得驱车直抵固镇了。

固镇的街景很新，难以辨识当年模样，也没了旧时茶摊。如果说经济全球化对固镇尚未形成明显影响，那么经济"全国化"无疑成了这里的主要风景。别的城市有的，这里都有，餐馆、歌厅、网吧、美容店、音像屋以及足疗和保健品。中国村镇的城市化进程，可见一斑。然而，我们前来寻找的是一种方言。

固镇大街上，我看到一块"二子快餐"的招牌，好似他乡遇故知。因为天津话里普遍存在"子"字结构，也管排行在二的男孩儿叫"二子"。固镇的"二子"是什么意思呢，一时间不明白。随后与固镇有关人士座谈，我竟然有些失望。他们讲的固镇话，似乎跟天津话尚存几分距离。据我所知，当年天津史志工作者来到固镇与一摆茶摊的老汉对话，彼此口音几乎完全相同。莫非多年推行普通话，既改变了天津口音，也改变了固镇口音？

既然是千里采风，那就无话不谈了。我与固镇市委宣传部长陈文化先生谈天说地论古道今，渐渐融合起来。中午饭桌上，先端上一条"熬鲫鱼"，然后端上一盘近似"煎焖子"的煎粉引起众人惊喜，好像天津二月二"龙抬头"的习俗。关于吃鱼，天津人管鲤鱼叫"拐子"，当地人则叫"鲤鱼拐子"，天津话做了省略。

闲谈之中我竟然从陈部长嘴里听到"死面卷子"一词。这活脱脱是天津话啊！于是愈聊愈多愈聊愈近，聊得没了距离。从固镇烹饪重味（咸）重色（汁）重香料（花椒大料），不叫"粥"叫"稀饭"，不叫"红薯"叫"山芋"，一直聊到闺女出门子娘家陪送的"桶子灯"的习俗。我发现，两地词语有的趋于相同（管油条叫"油果子"），有的完全一致（管朝前走叫"照直走")。天津称开洼里的村落高地为"台子"(譬如侯台子蔡台子王台子），固镇亦然。天津老话儿称餐饮业为"勤行"，固镇也是如此。漂浮多年的天津方言岛，似乎渐渐找到了它的大陆。我在固镇的总体感觉是——到处都是我们的人。

在固镇寻找有关史料，没有，寻找与天津有关的传说，也没有。当地乡亲对 600 年前先人北上天津之事，并不重视。而我们天津人对自己究竟来自何方，也不以为意。这就是历史的"断环"现象。回首往事，30 年前蚌埠白酒（如今改名皖酒）风靡天津独占鳌头，其实恰恰暗示了隐含于两地之间的亲缘关系（固镇人称三连间的民居为"一明两暗"，增加两间面积则称为"明三暗五"，这跟天津完全一样）。如今两地关系之研究因不为显学而无人用功，那断环恐怕难以连接了。其实固镇倘若打出这一张"亲情牌"，也不乏发展经济之策略。

往返采风路上，我们在蚌埠大街上看到几处"天津饺子馆"的招牌，很是惊奇。全国各地挂天津包子铺招牌的，自然不少，却只有蚌埠一带高高挂着天津饺子馆的招牌，这是为什么呢？我揣测，这现象正是悠久绵长的历史积淀所致。600 年前凤阳府的军民北上落户直沽，渐渐将天津饺子传回安徽故里，而那时天津包子还没出世呢。由此看来，天津饺子是天津包子的曾祖父，辈分颇高。后来我得知，两地饺子的别名均为"扁食"，这很有几分古典含义。还有，两地百姓都爱吃油炸馓子。

我们告别固镇跨过浍河前往朱元璋先生的老家凤阳采风，路经集市看到有小推车挂着"天津大小麻花"的招牌沿街叫卖，倍感亲切。然而大家一致认为，一路采风与天津话最为近似的地方，还是首推固镇。这就是固镇非同寻常的意义。

我们采风进入固镇时，天公降雨，将她洗得颇为清爽。我们告别离开固镇时，天色晴朗艳阳初见。我以为这不是离开固镇，而是从固镇出发。

二、固镇来信

有关固镇的文章发表之后，很快我便收到一封读者来信，署名刘本建，工作单位是安徽省宿县(现宿州)地区电信局。从业以来多次收到读者来信，主要是因为小说。最近还收到山东荣成和四川巴中读者来信，还是因为小说。小说出于虚构。这一封宿州来信却不同于以往，全是真事，与虚构无关。

刘本建读者的来信，字体娟秀文理严谨叙述流畅，字里行间突出了一个关键词：固镇。对我而言，固镇象征着一种关系，即大陆与岛。我因此而感到亲近，尽管有时候四周是默默海水。

刘本建读者告诉我，他是地道固镇人，在该地区工作了40多年。关于固镇方言区域应当以浍河流域为主线，南不过淮河，北不过陇海铁路，西不过蒙城、涡阳、永城（属江苏），东不过泗县、五河。倘若寻觅更为正宗的固镇口音和风俗，则在永城、涡阳以东，五河以西，怀远东北，灵璧以南。从地图上我看到该方言区域以浍河为纽带，横跨九个县涉及两个省，很广大的。浍河发源于河南省境内，上游为东沙河。东沙河流域有夏邑县，这里乃孔子故乡。浍河上游包括曹操故乡亳州（古井贡酒产地）。浍河还流经当年淮海战役总前委指挥部的旧址——临涣。看来，我们还是应当以固镇为圆心，不离浍河两岸。

我们在固镇采风即得知，《新华字典》里"浍"读"kuài"，但当地百姓从来都读"huì"。浍河流域面积1万多平方公里，人口300多万。300多万老百姓一起读别字，将"快河"叫成"会河"，就是不改嘴。刘本建读者在信中感慨道，这种现象不知语言学家做何感想。

刘本建读者认为，当年固镇乃北上必经之路，燕王扫北在固镇一带驻扎或征兵，应在情理之中。朱棣即位之后，设卫护京之士卒多来自固镇一带，也应在情理之中。因此，刘本建读者在信中着重介绍了固镇的情况。

固镇在新中国成立前属于宿县管辖，当地老人们，还称宿县为"南宿州"，与"北徐州"相对而言。新中国成立后属于灵璧县（就是著名灵璧石产地）一个镇。1965年，把宿县的湖沟区、任桥区，把灵璧县的宗店、濠城，把五河县的西刘集，把怀远县的曹老集、新马桥区划归固镇而成立固镇县。

从人文方面看固镇，它与现今蚌埠没有什么关系（蚌埠设市较晚，史称蚌埠桥）。即使历史上固镇一度归属凤阳管辖，其文化差异仍然明显。从这个意义上讲，固镇就是固镇，固镇就是"这一个"，别无分号。寻找原汁原味的固镇文化，只能在浍河两岸。刘本建读者在信中强调，寻找固镇方言南不过淮河。一过淮河习俗就两样了。其实，淮河与浍河的垂直南北距离，最近处不过几十公里。这真应了"百里不同俗"的古语。

从刘本建读者的来信中，我强烈地感受到中国人的故乡情结是多么难以磨灭。正如俄国诗人叶赛宁所言：找到故乡，就是胜利。

我们在固镇采风就听说，这一带是古战场。项羽与刘邦的垓下之战，便发生在不远的地方。如今遗有虞姬墓。久经战乱屡次移民，因此历史湮灭了。在我们存心寻觅的"方言大陆"上将很难发现祖先北上的脚印，但我们还是收获很大。

刘本建读者最后说："我深信历史和文化形成的情结是人类本性的体现，是莫名的自发的原始的高尚的，没人想从中得到什么，但它是一种亲情的长久的流动。"

这话说得多好啊。我仿佛又看到那条无言诉说的浍河，滚滚东流而去。是的，我以为这就是文化的传承。

汉字的望文生义

　　一九七一年四月，第三十一届乒乓球世界锦标赛在日本名古屋举行。这是缺席两届世锦赛之后，中国重返世界乒坛。中央新闻电影制片厂拍摄了一部名为《乒坛盛开友谊花》的纪录片在国内放映。那是电影的"新闻简报"时代。有这样一部电影纪录片，人人争相观看。记得我在银幕上看到日文横幅标语"第三十一届世界卓球赛"，觉得自己还是能够理解日文的——卓球就是桌球，就是乒乓球嘛。当然，那时候我孤陋寡闻并不知道世界上还有一项运动叫台球，也是在桌子上进行的比赛。

　　后来，听说中国人在日本旅游凭着三分意会五分揣摸也能读懂日语。譬如日本电影《追捕》，它的片头日文字幕是"跨过愤怒的河"，中国人都能看懂。还有片中的日本"警视厅"，这三个汉字中国人更能够理解为警察局之类的机构。有人说，日本文化含量愈高的文章，包含汉字愈多。其实也不可随意猜测。有朋友告诉我，日文里的汉字"娘"是"女儿"的意思，而日文里的汉字"手纸"则是指书信。这便大相径庭了。

　　韩语里也包含着许多汉字。中国人也容易根据其中汉字原意揣摩韩文的大概意思。多少年来，中国人形成这样的观点，对英文法文西班牙文那样的文字，我们不敢妄加猜测，因为根本就没有办法猜测。对日文韩文，则颇有略知一二的自信。

　　这次访问韩国，我还是怀着这种多年形成的想法。参观二○○二年韩日世界杯主赛场，就是韩国队淘汰意大利队的那座球场。我看到售票处窗前写着"入场券·销售·指南"这样一组汉字，一目了然。至于韩国人的姓名与中国人更是接近，譬如时任韩国文人协会理事长文孝治先生，譬如时任龙仁市文化院长李钟敏先生，几乎没有什么隔阂感。还有那条流经首尔的汉江，韩语里"汉江"二字的发音与我国江苏口音的"汉江"发音完全一样。最令我们惊异的是接过韩国"肉笔文艺保存会"会长李洋雨先生的名片。面对"肉笔"二字实在难以"望文"而"生义"，便纷纷举手提问。原来，在普遍使用电脑写作的时下，"肉笔"是指当今依然用笔写作的人——这是一群坚守传统立场的古典主义者。

大家终于会心地笑了。这种"肉笔"的会心，不经翻译解释是根本无法会意的。

关于汉字的望文生义，终于出现了几则笑话。一天我们前往乌头山观瞻台。这里临近三八线，为了方便游客观看江北的山峦和村落，观瞻台景点设有望远镜。我看到牌子上写着"领用投币500"的字样，便会心一笑地掏出一枚面额五百韩元的硬币投进机器，然后端起望远镜。不想望远镜里依然漆黑一团，拒绝为我提供观瞻服务。找到翻译得知，不是直接投币而是花五百韩元去买一枚专用币投入机器。于是，我的望文生义使我痛失韩币五百元巨款。

离开韩国那天，在首尔乘坐大巴经过《东亚日报》，看到大街上一家门面写着"灸炉"二字，于是纷纷议论说这里也有针灸疗法啊。陪同的翻译及时告诉我们这群自以为是的中国人，说这是一家著名烤肉店。大家自嘲地笑了。

中国人读书，历来就有切忌望文生义的传统。前往日本或者韩国那样的国家旅游，由于他们的文字里包含着汉字，就更应当切忌望文生义了。因为，有时候我们所揣摩的汉字原义与他们语言里的本义，存在很大差别。这就好比有人将汉语"胸有成竹"翻译成英语"肚子里有一根竹竿儿"，弄得就跟相声一样了。

杭州问茶

那是我第二次去杭州。头一次是参加《中国作家》的笔会，具有过路性质，匆匆的。这一次是去中国作家协会杭州创作之家度假，为期十天。

心里挺明白的——千万不要在旅游景点购物。有感于旅游购物惨遭宰杀的沉痛教训，譬如当年在东北买了二斤黑木耳，回家竟然洗出了一斤沙土，只得扔掉。于是，我决定在杭州这座美丽的天堂城市期间，果断放弃一切购物行为，口号是"只观光不花钱"。

中国作家协会杭州创作之家，吃住条件都挺好的。一座江浙风格的院落，有天井，有金鱼池，还有一个花草丛生的后院。站在院子里可以看见北高峰风景，距离灵隐寺也不过三百米路程。当天下午坐在石桌前乘凉，我终于明白刘禅为什么乐不思蜀了。

然而，还是难以克制花钱的欲望，我心里总是想着那三个字：龙井茶。我为什么如此钟情于它呢？因为杭州创作之家的客房里为我们备有龙井，尽管只是几十元价格，然而只要沏上一杯绿茶，那清香还是随时提醒着我，说这东西很不错啊。平时在家我有饮茶的习惯，这几年已从饮花茶改为饮绿茶。此次杭州之行，它的丝绸我可以视而不见，可这种被称为"国饮"的东西还是不应完全回避的。

人生如同品茶，或者说人生如同一个品茶过程，从浓而淡，最终淡出。如此看来，茶，理所应当是这次杭州之行的应有之义。

于是初步决定，外出买茶。

其实，我内心深处储藏着购茶动机，离津赴杭之前曾经向一位前辈作家请教有关龙井茶的ABC。前辈作家出身名门，莫说茶叶，就连茶叶蛋都会煮。他老人家惟恐我在杭州购茶上当受骗，耐心告诉我买茶叶一定要去龙井村二十七号找徐乃鋆，这位茶农是前辈作家多年以来向杭州邮购茶叶的堡垒户，从无闪失，非常保险。

创作之家的日程，还是比较宽松。集体活动只有三次，即去鲁迅先生故乡绍兴、茅盾先生故乡乌镇以及游览西湖，其余时间均为自由活动。可阴差阳错，我没有去成前辈作家推荐的龙井村，当然也就没有见到那位极具信誉的本地茶农了。一天，我和晓雨走出创作之家，一路步行前往三天竺的法喜寺观光。这条山路一旁伴有山泉汩汩流淌，景色煞是优美。走出不足一里地，我即看见远处茶园有老妪采茶，那景色宛若一幅优美油画。于是上前攀谈。老妪操着当地口音说家里有新茶待售，乃是上好的龙井。一路上我们聊着，老妪很朴实的样子，说她家是无权无势的穷人，生活并不富裕。

我们随老妪走进了她在灵隐村的家，那是一幢三层小楼。她沿着木梯噔噔上楼去了，然后从楼上拎来一袋子绿茶，说是今年清明那天采摘的龙井，并且亲手给我沏了一杯。我漫不经心地看了看沏开的叶子，心里暗暗认为这应当是谷雨时分的。故作内行地品了品，感觉味道尚可。老妪厚道地报出四百元的价格，我自作聪明地讲出二百八十元，终于艰难地成交了。走出小楼我们告辞灵隐村朝着创作之家的方向，原路返回。

吃晚饭的时候回到创作之家。来自祖国四面八方的作家们得知我买了茶叶，立即叫来大厨刘福山，请他品评估价。擅烧杭州本帮菜的小刘只看了一眼装在透明塑料袋子里的茶叶便笑了，说价值八十元钱。餐厅里全体哗然，心地善良的作家们纷纷恭喜我为当地茶农捐献爱心二百元。我受到他们的如此赞美，一时不知所措。

晚饭之后，我心有不甘地去厨房找到小刘，说这八十元的价格是你们当地人可以谈成的，我们北方来的人恐怕买不到吧。大厨小刘忠厚地点点头，表示认同。我的郁闷心情随即释然，暗暗认定自己的损失其实只有一百五十元上下，如此而已。

回到天津之后，我经常在家里以茶待客。有一天来了一位客人，我热情地沏了一杯来自杭州灵隐村的龙井。他呷了一口，连声说好茶。我请他估价，他深沉地闭目思忖片刻，然后缓缓说八百元吧。

我伸手指着颇有鉴赏力的客人大声说，你果然内行，你果然内行啊。

被这位客人誉为价值八百元人民币的龙井茶的香气，一下子便在客厅里弥散开来，久久令我陶醉。

寻访黑铁

从长治市去长治县。一路向南，公路平坦，并不像行驶在太行山区。天色渐晚，车速适中。我无意间看到公路右侧有长平地名，朦胧间想起那场大决战。

这里正是两千三百多年前秦赵生死决战的地方。我的思绪沉入悠远的历史深处……

赵王贪心不足，笑纳了韩国奉献的上党郡，于是引发秦国讨伐。而后赵王弃用老将廉颇，改用盲目自信的赵括。当时有人言："齐之技击不发魏之武卒，魏之武卒不如赵之劲骑，赵之劲骑不如秦之死士。"经过变法的秦国，已经强大起来。

赵括纸上谈兵。秦将白起佯退，最终大败赵军于长平，秦军坑杀四十万被俘赵兵，令史册滴满鲜血。

两千三百多年过去了。公路两侧的北方农田，广袤而哑言地躺着，一任玉米和高粱站在自己身上，从青涩到枯黄。这是多么古老的土地啊，已然不见丝毫战争痕迹。那数千年的历史积淀究竟沉落何方呢？

车过长治县而继续前行，说是去一个名叫荫城的地方，参观铁器博物馆。铁器？我顿生还乡之感。十六岁入机械行业工作，我对铁器情有独钟。

驶入荫城已然暮色四合。与当今社会主义新农村相比，荫城显然没有旧貌换新颜。然而，我更喜欢旧貌。所谓千篇一律的"新"，不如风格独特的"旧"。

我得知，荫城在春秋后期开始冶炼，代表着当时最为先进的生产力。当韩赵魏三国大量使用铁器，进入"黑铁时代"，秦国军士还在手持青铜兵器。从西汉铁官进驻荫城，到明朝洪武年间铁业所在荫城成立，此地的铁货行销全国，甚至出现国际贸易。荫城不是一个地名，而是一个时间绵长空间辽阔的中国概念：千年铁府。

随着冷兵器时代的终结，荫城冶铁自明清两季渐渐失去昔日辉煌。荫城头顶的光环也日渐黯淡。一座名镇就这样站立在历史深处，渐渐被遗忘了。

走进十字街头的荫城铁器博物馆。它与大都市宽阔高大的博物馆相比，乃小巫也。然而，它的馆藏却显得充实，处处散发着黑铁的气息。

玻璃展柜里，陈列着一柄柄生锈的兵器，或刀或剑，生着厚厚的铁锈。我学过金属学和铸铁学，那厚厚的锈层，从五氧化三铁到三氧化二铁，既说明着铁器氧化的过程，更说明着深厚的历史进程。我甚至揣测，这刀这剑，或许就出土于长平战场吧。这厚厚的锈蚀，恰恰是漫长的历史啊，尽管有时候锈蚀也意味着遗忘。

放眼铁器博物馆陈列品，大多出自明清两代，上止于宋。铸铁的物什，大小不一，小的有权，有油灯，有马镫，有铃铛……我发现一只形如镇纸的物件，便以为是铁质镇纸，主人告诉我这是晋地农村冬天压被角用的，以防止小孩儿睡觉蹬了被子挨冻。我顿时被扑面而来的古老生活气息感动了。

大型铸铁器里，我看到十几口铁钟，还看到"鸣金收兵"的"金"，这种军用响器的独特之处在于发出的音响短促有力，它不像磬声绵长悠远，也不像锣声空旷发散，显现着军令如山的行伍精神。

锻铁陈列品展台，摆满各种刀具，这是历代战争的纪录，从古代的剑到近代的刀，无声记载着人类争伐的历史。

尽管不乏藏品，还是感觉这座博物馆有些简陋。经人介绍我认识了馆长原建国。这是一个寡言的男子，笑容里隐藏着难以察觉的坚毅。

他热爱家乡，倾一己之力办起这座民间博物馆，为的就是不让"千年铁府"被历史湮没，让人们知道中国有一个名叫荫城的地方，曾经为华夏黑铁时代作出极大贡献。他十几年来花费大量财力物力，逐步积累着铁器收藏。而这座铁器博物馆址也是原来供销社的房间，他借来用的。

我问原建国，你有何等财力支撑这座几乎毫无收入的铁器博物馆呢？他平淡地笑了笑，说自己有建筑工程队。

　　在如今习惯于索取而疏于付出的时代，原建国平淡的笑容令我难忘。我做过六年铸造工人，我了解黑铁。与原建国的交谈，我甚至觉得黑铁的质感已然融入他的血液里，保留着自古荫城的遗传基因。

　　我不知道如今有多少像原建国这样的人，做了这样大的事情脸上却挂着平淡的微笑。但我知道中国有多少赚着大钱而脸上毫无表情的人。从这个意义上讲，原建国为了恢复家乡历史保存黑铁记忆而流露的平淡的微笑，足以感动具有正常文化心理的人。至少我被他的铁器收藏感动了，也被他的文化义举感动了。我希望大家能够知道中国山西有个名叫荫城的地方。这里有着悠久的文化积淀，也有着守护历史遗产的人士，还有着生锈依然散发着幽暗光芒的黑铁。

　　与青铜时代一样，黑铁也是一个时代。置身令人目眩的高科技时候，忘记黑铁时代可能不会对我们的日常生活产生任何影响，然而，还是不应当忘记。因为，无用之用可能是最有用的。

　　你站在荫城铁器博物馆里，应该会明白这个道理的。

种子·土地

　　"在遵义之东 75 公里的湄潭，是浙江大学的活动中心。在湄潭可以看到科研活动的一片繁忙的情景。在那里，不仅有世界第一流的气象学家和地理学家竺可桢教授，有第一流的数学家陈建功、苏步青教授，还有世界第一流的原子物理学家卢鹤绂、王淦昌教授。他们是中国科学事业的希望。"

　　这就是英国著名学者李约瑟博士看到的湄潭，它坐落在偏僻的黔北地区。后来我们知道遵义是红军长征转折点和中国革命的福地。距离遵义百余里的湄潭则默默无闻。其实，它完全可以继续默默无闻下去，宛若世外桃源。然而，战火不容。就这样，湄潭走进中国历史舞台。

　　1937 年抗日战争全面爆发。9 月，日寇铁蹄逼近，杭州告急。西子湖畔已然摆不下一张课桌。为了躲避战火，保存"读书的种子"，浙江大学校长竺可桢毅然决定：西迁。

　　我在"浙大西迁历史陈列馆"瞻仰这位浙大校长铜像——哈佛大学归国博士——著名天文学和地理学家。他在民族存亡的关键时刻，以"教育救国、科学兴邦"为己任，以"蕲求真理、培育人才"为目标，亲自率领全校师生，走上西迁之路。

　　于是，我似乎看到在川流不息的逃难人流里，行走着一支身着学生制服的队伍，他们略显文弱，肩挑手提沉重行囊，却不是什么金银细软，而是各式各样的教学器材。他们没有任何武器，是一支真正的手无寸铁的"文军"，一路踏上被后世称为"文军西征"的艰难行程。

当时的竺可桢校长，并不知晓最终将落脚一个名叫湄潭的地方。冥冥之中，远在黔北山区的湄潭人民正在等待这支文弱却坚毅的文军的到来，尽管他们要等到3年之后的1939年。

1937年9月，浙大一年级新生迁至浙江西天目山禅源寺上课。这里地处浙皖交界，古树参天，风光幽静。谁都认为，禅源寺乃世外净土，如来佛祖无疑保佑着浙大师生。然而那支来自东瀛佛教国家的虎狼之师，已经完全抛弃佛祖教诲，彻底沦为磨牙吮血的杀人机器。

形势愈发吃紧，1937年11月，浙江大学全部师生，乘车、步行、换船，离开西天目山禅源寺，迁校浙江建德。这是浙江大学的第一次迁徙。

1937年12月24日，杭州沦陷。浙大师生只好离开建德，再次踏上西迁之途，一路跋涉，经金华、常山、玉山、樟树，前往江西吉安、泰和。一路奔波缺医少药，竺可桢校长的夫人张侠魂和次子竺衡身患痢疾，不治身亡，安葬在泰和的松山。

我在"浙大西迁历史陈列馆"瞻仰这位浙大校长铜像——哈佛大学归国博士——著名天文学和地理学家。他承受着殒妻丧子之痛，率领全体师生一路躲避战火。这位一派儒雅的大学者，有着坚若青铜的意志品质。

杀人如麻的日寇沿长江南犯西进，占领九江，直逼南昌。1938年8月，浙大师生只得踏上第三次西迁之旅，他们携带图书和教学仪器，或乘车或乘船甚至步行，组成"呐喊步行团"，沿途风餐露宿宣传抗日救亡，历经月余行程1000余里，先后到达广西宜山。次年春天，被浙大师生视为"命根子"的重达200多吨的2000多箱图书和教学器材终于运抵宜山。

三次西迁，"读书的种子"们，避开战火，恢复上课了。国家兴亡，匹夫有责。一个浙大学生就是一颗种子，一颗颗种子就要发芽生根，成长为一株株参天大树，日后成为国家栋梁。这几次西迁，竺可桢校长身先士卒的精神，深深感染了浙大师生。广西宜山气候湿热，生活艰苦，他们为拯救中华民族而发奋学习。正是在广西宜山，竺可桢校长倡导的"求是"成为浙江大学的校训。催人奋进的"浙江大学校歌"也唱遍这座广西古城。

尽管宜山地处西南山区，以"读书不忘救国"为己任的浙江大学仍然成为日寇飞机的轰炸目标。侵略者就是要灭绝中华民族的"读书的种子"。1939年2月5日，宜山浙大校舍遭到18架日机轰炸，顿时火光冲天，损失惨重。全校师生面临空前困难。

1939 年，日军在广西北海强行登陆，防城、钦州相继失守。南宁随之陷落。战火临近，广西宜山的浙大师生即将失去立足之地。竺可桢校长几次前往贵州境内遵义附近考察，精心选择校址。1940 年初，全校千名师生踏上漫漫西行之路，朝着中国工农革命圣地遵义方向进发。流离失所的浙大师生，终于与湄潭这个山清水秀的小县城结缘。

勤劳朴实的湄潭人民敞开胸怀，欢迎远道而来的浙大师生。他们让出文庙、民教馆、救济院，腾出财神庙、双修寺、禹王宫、梵天宫、家族宗祠，以及 250 间房舍，包括永兴镇的欧阳曙宅和李氏古宅。湄潭县政府还专门划出 200 余亩土地，供给浙江大学建立农场。

同舟共济，鱼水情深，湄潭人民视浙大师生为亲人。他们送鸡送鸭，送茶送菜送大米……在物质并不宽裕的战时，湄潭人民宁愿自己节衣缩食，无私关爱着浙大师生。如今中国流行的口号是"再穷也不能穷教育"。当年的湄潭人民，早已无私践行了这句当代名言。

湄潭好比深厚的土地。浙大师生好比久枯不死的种子。土地与种子在湄潭结合。一颗颗"读书的种子"在这里扎根生长起来。

浙江大学在湄潭 7 年办学期间，正值如火如荼的抗战年代，这所大学却取得很大发展，由抗战前的 3 个学院 16 个系，发展为 6 个学院 25 个系，另有 4 个研究所、5 个学部、1 个分校、1 所附中、2 个农场。学生也从战前 613 人增至 2171 人。正副教授从 62 名增至 212 名。培养本科生和硕士生 2000 余名。

浙江大学的成长，离不开湄潭这块古朴土地的深厚滋养。以鱼和水、种子和田地、天空与飞鸟，来比喻都难以描绘浙大与湄潭的关系。应当说，浙江大学由于黔北湄潭而得以生存，黔北湄潭由于浙江大学而得以嬗变。浙大与湄潭，你中有我，我中有你，犹如高山流水，两者已然成为不分彼此的整体。

就这样，浙江大学在湄潭大地生根、开花、结果了。

浙江大学史地系师生，踏勘湄潭的山山水水，发现了储量丰富的锰矿，为抗战时期的后方重庆提供了大量冶金原料，从而获得国民政府颁发的国家科技进步二等奖。师生们坚持田野调查，编纂成书《遵义新志》，这册极具学术价值的志书，至今对遵义及湄潭地区的经济建设起着很大作用。

浙江大学农学院师生，来自盛产龙井茶的西子湖畔。湄潭地方偏僻，是产茶之乡。浙大师生发挥专业优长，开展茶树病虫害调查研究、茶产调查报告、茶树栽培研究、茶叶品种研究、茶叶加工制作、茶叶生化成分测定、茶园土壤矿质元素分析，取得了一系列科技成果。

教学相合实践，浙大师生还将种植龙井茶的技术与湄潭的种植技术进行比较，去粗取精，趋利避害地对当地茶叶进行改良，提升了湄潭茶叶的品质。

湄潭幽静秀美，远离战火，这在战时是个教学科研的好地方。它拥有多位著名教授：胡刚复、苏步青、贝时璋、王淦昌、谈家桢、卢鹤绂、束北星、张其昀、费巩、钱穆……还有涌现多位科学家：李政道、谷超豪、谢觉民、张镜湖、施雅风、谢学锦……他们取得的科技成果，几乎都是在湄潭昏暗的桐油灯下完成的，因此，浙江大学被西方学者称为"东方的剑桥"。

这是浙江大学的光荣，也是湄潭人民的光荣。浙江大学播撒着科技文化的种子，湄潭则成为浙大师生的第二故乡。西湖水与湄江水，荡起共同的涟漪。

"骊歌一曲别情长，藕丝香，燕飞忙。回首春风，桃李又成行。……留得他年寻旧梦，随百鸟，到湄江。"改革开放几十年来，许多浙江大学老校友为表达对第二故乡的感恩之心，纷纷回访湄潭。200多位校友在当年浙大农学院旧址栽植70棵友谊树组成"求是林"，以纪念竺可桢校长。

浙大师生回访湄潭不仅是怀旧，他们以实际行动回馈第二故乡。在今日湄潭，建有浙大附中，举凡考入浙江大学的湄潭籍学子，均可免费就学。在今日湄潭，浙江大学为这里引进生态稻田青田鱼养殖项目，已经发展数万亩，每亩水面使养殖户增收2000余元。在今日湄潭，浙江大学建立公共管理社会实践基地，开展研究生支教实习活动。在今日湄潭，浙江大学建有"社会主义新农村建设示范基地"。在今日湄潭，有好米，有好茶，有好酒，有好烟。这正是浙江大学的"求是"精神结出的硕果。在今日湄潭，一望无际的万亩茶海，正是当年浙大师生播种的"锦绣文章"……

国难当头，湄潭成为浙江大学的避难地。改革开放，浙江大学不忘第二故乡。种子与土地的相互关系，乃是大自然的现象。湄潭与浙大，则是超越时间和空间的永存亲情。一支文军的长征，一所东方剑桥的出现，一宗"求是"理念的传承，都将诠释种子与土地的不解之缘。只要种子是鲜活的，土地就会有生命。浙大与湄潭，都将继续证明着这个道理。

阅读扬州

提起扬州，人们容易想到隋炀帝南下观赏琼花。隋炀帝似乎成了扬州的宿命。从隋炀帝杨广到大清朝乾隆，无论正史野史以及民间传说，不乏皇帝们下江南的记载。圣上们为何不畏旅途劳顿而频频莅临淮扬呢？因为有一条大运河。水路行舟，迅捷便利，沿河两岸风光，尽收天子眼底。扬州的宿命不是皇帝，扬州的宿命是大运河。

扬州镶嵌在大运河畔，素有"扬州三把刀"之说。厨刀、剃头刀、修脚刀，这"三把刀"均属于城市服务业，也就是如今所说的"第三产业"。一座城市服务业发达，这无疑是文明的标志。扬州就其第三产业而言，绝对属于"资深版"。

当年被称为"南张北刘"的言情小说家刘云若先生，写过一部长篇小说《小扬州志》，主要描写民国年间天津市井生活。当年天津水运发达商业繁荣，乃北方重镇，因此才有资格被称为"小扬州"。以扬州比喻一座城市的繁华，犹如以西施比喻一位女子的美貌，由此可见，扬州当年处于城市榜样地位。

如今，扬州依然是城市榜样。比如为了保护瘦西湖景区和城市天际线，扬州恰如其分地禁建高楼大厦。那些过度追求 GDP 的二线城市，未必都做得这样好。且看那一座座"钢筋水泥丛林"的大小城市们，早早弄没了城市天际线，所谓繁荣里透出一股子傻气。

扬州虽然地处江北，仍然属于粳稻地区，一日三餐以米为主。以富春茶社为代表的扬州面食，包子的多样性，烧麦的多样性，蒸饺的多样性，还有干拌面和葱花烧饼……其丰富程度远远超过以面食为主的北方城市。我不敢毫无根据地将"天津狗不理"与"扬州灌汤包"相互比较，却在一杯热茶里品出几分南北文化暗合之处。

富春茶社使用的茶叶是著名的"魁龙珠"。我讨来有关资料了解此茶的来历，得知它由安徽的魁针、浙江的龙井、扬州自窨的珠兰兑配而成，取名"富春魁龙珠茶"。因三种茶分别来自皖、浙、苏，故有"一壶水煮三省茶"之美谈。

这一壶水，我认为出自大运河。茶呢？安徽的魁针、浙江的龙井，无疑属于绿茶系列。唯独"珠兰"为扬州自窨。我恰恰从这个"窨"字里，一下子嗅到花茶的味道。因为，只有制作花茶采用"窨花"的技术。我从小就听说，中国北方尤其京津地区喜饮花茶，旧称"香片"。一般花茶要窨三道花，高级花茶甚至窨到七道花。花者，茉莉也。窨者，熏花也。所谓花茶，通常是以茉莉花窨制的，多年以来广销华北地区。

富春茶社的"魁龙珠"，产自安徽的魁针和产自浙江的龙井是绿茶，扬州窨制珠兰的兰，我以为是玉兰花。以玉兰花窨之，扬州珠兰应当倾向于花茶系列。由此看来，富春茶社"魁龙珠"明显含有花茶成分。

百年老店富春茶社的"魁龙珠"为何掺入花茶成分？这在普遍饮用绿茶的江浙两省颇为罕见——却明明发生在大运河南端的大码头扬州，而且成为当地著名饮品，代代传承，百年不改。

与之对应，在大运河北端也有一座水旱大码头，它的市民历来普遍饮用花茶多年不改——这就是九河下梢天津卫。说起扬州富春茶社著名花茶"魁龙珠"的兑配，我不禁想起天津的百年老店"正兴德"茶庄。正兴德的花茶也是兑配，而且兑配成为这家百年老店的独门绝技，颇有点石成金之妙。关于花茶兑配的细节，我们可以在津门著名小说家林希先生的中篇小说《茶贤》里，看到花茶窨制兑配的技术过程，可谓尽得其详。

大运河南端扬州富春茶社精心兑配的"魁龙珠"，我似乎看到天津正兴德茶庄兑配花茶的影子。飘香于南北大运河两端的一杯杯香茗，我不敢妄论两者之间存在必然关联。我以为，一个珠兰的"窨"字，似乎使我触摸到大运河的文化底细了。

这条大运河，千年以来沟通着祖国南北文化大融合。研究大运河的"线性文化传播"方式，可以使我们更加认识到"大运河申遗"的可能性与必要性。

说起"大运河申遗"，扬州肯定是一座极其重要的城市。中国北方多年严重缺水，造成大运河北段废航甚至干涸。这条沟通五大水系的南北大动脉，不声不响退出中国北方的日常生活。大运河作为一条历史悠久的文化纽带，还给我们留下了一缕缕人文痕迹。只要你是有心人便不难在日常生活的细节里发现她的存在。

多年前，我为一部电视剧本的写作赴山东临清一带采风，发现鲁运河流域的一些词语与天津卫基本相同。那里也管油条叫"果子"，还有"糖皮儿"之说。临清也是运河漕运大码头。据说讲究吃喝之风气与天津极其相近。即使"文革"期间，临清饭馆的美味炒饼价格仍然高于其他地方，引人垂涎欲滴。可见码头风气一脉相承。我觉得，虽然属于直鲁两省，当年沿着大运河两岸形成的文化习俗，可谓显而易见。我斗胆将大运河沿岸的文化传播特征命名为"线性文化传播"。这种跨越地域省份的线性文化传播方式，因漕运和盐运而沿河流而传递，它不是文化团，而是贯通津冀鲁苏的文化传播带。扬州有盐商家族的园林，比如何园和个园。天津也有盐商家族的园林，比如水西庄。

于是，我发现"魁龙珠"里隐含着这座城市融汇南北的文化特征。扬州，因其地处大运河码头的特殊地理位置，使得她很早就具有汲取南北文化包容性。百年老店富春茶社的面食和"魁龙珠"说明，扬州，正是这条"线性文化传播带"南端的文化融汇之处。

游览扬州美景瘦西湖，导游介绍清朝文人汪沆吟诵瘦西湖的名诗，我随即告诉她，这位乾隆年间的钱塘名士汪沆不光有诗赞美扬州，还有多首颂诵天津的诗歌收入《津门杂咏》。比如"门外河流燕尾叉，门前杨柳万行斜，拾遗不分云孙住，从此村呼小浣花"。由此我想象，古代文人乘船沿大运河采风，或从扬州北上，或从天津南下，一条大运河里不仅流淌着水，还传播着文化。

这就是沟通南北文化的大码头扬州。这里的一片茶叶令我发思古之幽情。当然，我更想通过一片茶叶，愈发深入地感悟扬州的地域文化，让这座历史名城明珠般地闪烁出更加耀眼的光芒。

　　这就是扬州。我夜晚驻足古运河畔，河中灯船行来驶去，疑为故乡海河游船。毕竟是一脉相通的大运河，不由泛起君我共饮一江水之感慨。

　　我觉得，古老的文化往往与水相关，它也往往是沿着河流传播开去的。举凡著名城市，大多沿河而居。这便是在水一方的意义。尽管如今北方大运河成了止水，它曾经击起的浪花却无数次打湿了我们先祖的衣裳。那水珠儿，干涸在历史深处了。我们只要存心留意，似乎依然可以嗅到几分来自历史的湿润……

　　好在扬州依然拥有丰沛的水，这是她的福祉，也是大运河的见证。

人间素描

一、小狗儿

小狗儿是乳名。一个人的乳名能够长久跟随着他，并不说明他留恋童年迟迟没有长大。小狗儿的报摊紧紧倚住楼角，很像这座红砖楼体生出的一块赘肉，随时等待手术切除。随着所谓手术的遥遥无期，时光的丝线反倒将这块赘肉与楼体紧紧缝合，成为这里不可或缺的组成部分。

小狗儿的报摊每天出售新闻，比如彩票开奖与意外事故，比如外国元首来访与跨国拐卖妇女，十几种报纸相互碰撞发出喧嚣：真理与谣言并存，事实与假象媾和，把公众心理从牛奶发酵为酸奶，从豆腐发酵成腐乳，从鲜蔬发酵为泡菜。小狗儿似乎永远与不断发酵的新闻无关，无论煤矿透水还是公交车爆炸，对他来说好像都是旧闻，面对白纸黑字无动于衷。小狗儿常年坐在那只破沙发里出售报纸：早报日报晚报周报，却给人尘封已久的感觉。因此，他多次被老太太们误认为收购废旧报纸的小贩而不是出售新鲜报纸的摊主。他身后仿佛就是销毁文字的纸浆池。

小狗儿的陈旧感与他的古铜色皮肤无关，大概他的心才是古铜色的。他一年四季穿着旅游鞋，两侧鞋帮经常泛出绿锈，好像踏勘铜矿归来，其实不曾离开这座城市半步。如果将他比喻为屡屡被剪短的指甲，那么他从来没有停止生长。然而他的这种生长，主要表现为轻微的潦倒和稳定的陈旧。轻微就是不剧烈，一如他的表情。稳定就是不变化，也一如他的表情。

我认识小狗儿的时候，他介于三十岁到五十岁之间，有着宽广的弹性年龄区间。

终于，身穿制服的城管来了，七手八脚切除了楼角这块"赘肉"，说市容都被你这样的垃圾搞坏了。

从此小狗儿消失了——好像被扔进收集废物的垃圾箱。从垃圾箱被运往城市远郊的垃圾山，我们更加难以找到小狗儿了。

后来，有人在老城区看到他，跟随一群城管维持市容。他说，自己是他们的临时工，专门清除路边违章摊位。

二、一男一女

早茶厅里很清静。介于早餐与午餐之间，几乎没有食客。这一男一女走进了来，却选了一张十人大圆桌，相对而坐——好像一张大转轮上安了两只把柄。俩人并不急于点餐，隔着大餐桌低声交谈，又像是自说自话。远远看着仿佛两个准备上场的发牌手。然而这里不是赌场，他们手里拿的也不是扑克牌，而是公司发的就餐优惠卡。哦，这是公司与早茶厅的赌局。

我们是早茶厅食客，兼任赌局看客。

三、一个女人

我之所以判断她人届中年，是因为眼袋。她不声不响坐着，长颈窄腰瘦臀，有蜡像感。蜡像拿出手机打电话了。这种手机款式怪异，看着好像一只黄褐色对折式钱夹。她低声说着，使人觉得她不是打电话而是与钱夹里钞票私语呢。

餐馆服务员端着托盘上菜，显然她已然点了菜。她不动筷子，似乎在等待什么人。等得久了，那盘菜好像只是陈列品。

终于，她落下几滴眼泪，拿起筷子伸向那盘川椒牛柳，又停下了。原本热气腾腾的菜肴，在她犹豫不决中渐渐凉了。终于，服务员送来一钵番茄鸡蛋汤，这汤很家常，一下提高她周边温度。她结账起身走了，给身后留下一个修旧如旧的小户型饭局。

四、一个男人

他进京看望情人，特意找出那件短袖条格衬衫，崭新地穿在身上。这件衬衫买了两年，居然还是不曾上身的"处女"，自己也随之成为处子。此时他发现它的商标是一只长耳朵兔子，愈发不明白这牌子为何叫"花花公子"。难道这是一只放浪不羁的流氓兔？

首都天气炎热。这个身穿流氓兔衬衫的外省人被出租车司机扔在大街上，说是到了。他只得拖着箱子寻找那间私营诊所。花花公子湿透了。让他觉得脊背上粘贴了另外一个男人，好像背负着无所不在的情敌。自从有了她，他经常设立这样的假想敌，在内心发动着一场场常规战争。就这样，他坐在诊所大厅里用体温焐干这件不可一世的花花公子，更加觉得情敌附体了。

住的酒店是复式房间。洗澡间在楼下。她说给他洗一洗汗透的衬衫，而且坚信明天能够晾干。他知道她素常在家从来不做家务的。此时却没有阻止她动水，一旁观看着她的洗衣。

她动作轻柔，反复搓洗着这只首次落水的流氓兔，面无表情。这确实是她多年以来首次动手洗衣服，在家里有专事洗衣的丈夫。他看到她既无惊喜也不怨艾的表情，似乎做着一件与己无关的事情。衬衫就这样被洗涤干净，小可怜儿似地挂在楼梯栏杆上，任凭空调气流吹拂着。

第二天，这件经历"处女洗"的衬衫果然晾干了。他将它叠好放在箱子里，走了。他必须匆匆赶回去。几天后，他给她打来电话说，我之所以委屈你动手洗衣，是因为我从来没有经历处女和准处女这类的事情，因此特别感激你给我衬衫的"处女洗"，终生不忘。

她似乎对处女和准处女这样的字眼儿兴致不高，电话里默然。

一天早晨，她手机收到他发来的彩信照片，他身穿那件经她"处女洗"的流氓兔衬衫站在绿树下等候出租车。他在照片下附言说，这是你洗过的衬衫。

天气依然炎热。他终于等来一辆与处女毫无关系的出租车，去上班了。这一天，他并没有收到她对那张彩信照片的回应。无论处女或准处女，似乎都被他夸大了。她好像并不认为这是什么重大情结。于是，事情也就这样极其朴素地过去了。一切仿佛都不曾被洗涤过。

他还是喜欢穿着这件花花公子外出，尽管这商标名称让他感到不适。

五、一个老媪

她操着响声说话，早点部的小老板问她多大年纪，她表情困惑望着对方，可能有些耳聋，也可能听不清小老板的外地口音。小老板模仿本地口音又问了一遍，她听懂了，略显骄傲地说周岁七十九。小老板就夸奖她面相年轻。虚岁八十的老太太受到这种并无多少实用价值的赞扬，还是得意地笑了，伸长脖颈低头喝着馄饨。早在七十年前，这肯定属于标准的"美人颈"。

馄饨冒出的热气里是她七十九周岁的面孔，泛起老年人稀有的光泽。我隔着桌子注视老人家，不知为什么认定她年轻时候曾经拥有轰轰烈烈的爱情。她的眼睛明亮，脸庞细长，使我想起那种名叫松毛犬的宠物。只是不知七十九岁了，是否还有人在宠她。

她放下碗筷付了账，做出起身离去的预备动作。我突然觉得可能永远不会再遇到她了，便主动搭话问老人家去哪里。她似乎对我的提问含有几分警觉，稍作迟疑将两手搭在桌面上，做出一个弹钢琴的动作。我便以为她去老年大学学习键盘乐器。

这时候，她的双手继续弹着钢琴说：我去社区打麻将，不打八圈不回家！

我笑了，我将老人模仿打麻将的动作误读为弹奏钢琴，可见我对充满世俗乐趣的民间生活多么生疏。于是油生几分失落情绪，认为自己丧失了某种本应属于我的福分，包括弹钢琴包括打麻将，也包括馄饨汤里放一撮紫菜的滋味……

我也想活到她这般年纪，天天喝馄饨，天天去打麻将，天天不去学钢琴。

六、家有病娃

他看到我们来访，笑着说欢迎。这时候，从床上站起一个男孩儿，好像也在表示欢迎。这孩子又白又胖小眼睛，活像一只剥了红衣的巨白花生。

听到男孩儿奶里奶气地说尿尿。他猫腰从床下摸出一只铁皮罐头盒儿，伸手扒下大男孩的短裤，接尿。男孩儿哗哗尿着，挺着一根同样白皙的小鸡鸡。

他尴尬地笑着说，这就是个孩子啊。站在床上的大男孩咧嘴笑着，露出短缺两颗的门齿，极其惬意地将尿液灌满了那只来历不明的铁皮罐头盒。

他端着铁皮罐头盒走出去，倒了尿，回到房间再度尴尬地笑着，不知所措地朝我们说，这孩子十四了。他似乎意犹未尽，抬头朗声补充说，明年就十五啦！

不知出于怜悯还是出于安慰，我小声说到了二十四岁就给他娶个媳妇吧。

他立即流露出反驳的表情，颇不接受地说，别家孩子二十四就娶媳妇！我孩儿才不娶呢！他是上帝送给我的一个礼物，接受了就一辈子不放手，长期有效！

我清楚地看到，他那张由于病娃而映衬得无比诚恳的面孔，清洁而明亮。

七、并不透明的玻璃杯

一杯白得黏稠的酸奶，沉稳地摆在西餐厅的玻璃餐桌上。餐椅也是玻璃的，只是身材比餐桌低矮。世界上没有比餐桌高大的餐椅，这就是辈分。餐桌的玻璃是透明的，餐椅的玻璃也是透明的，因此就餐者的臀部便没了隐私。只有那杯毫不透明的酸奶，好像是个谎言。

清晨安逸的气氛，几近奢侈。西餐厅是一座有着钢质龙骨的圆形玻璃建筑，体态高拔很像一只巨大无比的玻璃杯。它的穹顶由一种名叫阳光板的建筑材料构成，等于给玻璃杯加了盖子。透明得近乎单纯的玻璃族群，依赖着结实得近乎冷漠的钢铁龙骨，似乎暗示着透明与脆弱的关系。然而这种暗示并没有给高雅咀嚼的嘴和轻柔蠕动的胃带来丝毫紧张心理。一切和谐如初。

太阳身高增长了，仿佛刚刚被录取的大学新生。大学新生散发的强烈光芒开始照射那只盛着酸奶的玻璃杯，试图进入浓稠之心。

他端起玻璃杯，一口气喝下酸奶。他的心，随即黏稠起来，就连悬念也难以流动了。

八、因变质而哭泣

小时候他剥开了一只松花蛋。大人说它当初是一只鲜亮嫩白的鸭蛋，被泥土稻壳紧紧包裹长期蒙受黑暗，渐渐转为颜色碧绿布满枝叶的松花图案，而那些保存不当的鸭蛋们反而发臭成了坏蛋。它即使努力变坏也改变不了已然成形的祖母绿颜色，因为它已经是松花蛋了。

想到自己长大就会变质，他手捧松花蛋，哭了。

九、失恋者

远处缓坡被不同的绿色遮掩着，浓绿的地方是大自然冒冒失失的重笔泼墨，稀薄的地方则袒露黄土的本质，有着刀刻般坚硬，几乎成为固执的铠甲。在暗怀居心的遮蔽与几近顽皮的裸露之间，处处坚硬的黄土难以发现柔软，这正是千万年的黄土啊，让我用怎样泪水将你润湿？

山脚下一座小庙，远远望去透露出超凡脱俗的无声引力。是啊，她想象在这座小庙里，恰恰住着最大的雨神。

她似乎渴望被再度淋湿。然而，百年不遇的大旱，竟然成了失恋者的雨衣。

南疆散记

一、遥远与美丽

在那遥远的地方，有个好姑娘……王洛宾先生歌曲里的大西北，遥远而美丽。蒙古语里的"乌鲁木齐"就是"优美的牧场"。美丽，往往在遥远的地方，比如嫦娥就住在月宫里，那是地球人的遥远。

从北京飞往"优美的牧场"乌鲁木齐，蓝天白云并不显得遥远。高科技时代将因遥远而生成的美丽，变得近在咫尺。

近在咫尺的美丽，这令我想起北京街头的鲜花店，趋身可取。四小时的航程，高科技飞行器消减了路程的遥远，是否也消解了遥远的美丽？这是社会高度发达后的思考。

从乌鲁木齐换机飞往南疆的和田，终于开始体验到遥远了。遥远与美丽同生共存。想象着戈壁和沙漠，也想象着河滩里的玉石。和田美玉被称为无价之宝，恰恰因为遥远吧！遥远产生距离，遥远也产生美丽，遥远更产生无价之宝。

心里，还想象着生活在大漠之地的天津援疆人员。他们，兴许也像大漠之玉，默默闪烁着奉献之光吧。

终于，降落和田。和田是坐落在塔克拉玛干大沙漠南缘的名城，几乎就是遥远的代称。我们从和田出发，向着更加遥远的地方：策勒、于田、民丰。这是天津市援建项目的三个县城。我们将去看那里的人，看那里的事，看那里发生了什么样的变化。

　　沙漠里的干燥，使得空气分子愈发紧密。美丽似乎也被浓缩了，一朵朵云彩镶嵌在天幕里，宛若一张巨大无比的变幻拼图，满足你幼儿园时代的联想。这时候我想到那些来自天津的援疆人员，他们工作在遥远的地方，那遥远的地方应当是美丽的所在吧……

二、不同的绿色

　　我国南疆大漠地带的美丽，绝对有别于东南沿海地区。就说东南沿海地区的绿色吧，似乎来得非常容易。春天到了，生机勃勃的绿色也就来了，时至盛夏，那绿色甚至绿得难以阻挡，充满你的视野，遍布你的世界。岁入深秋，绿色老成起来，伴随着你思想的成熟。

　　然而，大漠地带的绿色，却有着截然不同的景致。一路行车八百公里，一望无际的戈壁滩，阳光下呈现出永恒不变的铁青颜色；满眼枯黄的大沙漠，风沙里变幻着模糊不定的视觉景观；偶有骆驼草丛生于公路旁，也是一簇簇干枯而已；大片成荫的绿色，在这里成为孤独者的记忆，或者记忆者的孤独。

　　行车疾驶，突然，前方豁然开朗，一派浓浓绿色撞入我的视野。这正是大漠绿洲啊。多少年来，我强烈感到绿色竟然那样耀眼。

　　这是大西北独特的绿色。她一团团镶嵌在大漠深处，绿得顽强，绿得结实，绿得生机勃勃，绿得让天下所有绿色逊色。我不由想到我国东南沿海地区的绿色，它与大西北的绿色相比，无疑是喜剧。而新疆大漠深处的绿洲啊，总是让我感受到几分悲壮的力量。

　　从家乡天津来到大漠深处工作的援疆工作者们，他们无疑也是那一团团生机勃勃的浓绿，迎着漫天风沙矗立于工作岗位，不凋不枯，不骄不躁，投身于第二家乡的精神绿洲建设。

　　绿色，就这样成了南疆之行的主色调。这色调，象征着生生不息的力量，也描绘出援疆工作者们的生命轨迹……

三、黄昏的微风里

终于见到了他们，这些来自家乡天津的援疆工作者。

这是策勒县城的一个黄昏。采访之余，天津援疆干部邵长森邀请我们去他的家看看。一个"家"字，让我感到这个天津小伙的情怀。是啊，这里就是他的家，这里就是他第二家乡。

一排排宿舍楼，浅褐色的外观。这跟我们寻常所见的宿舍楼没有什么两样，只是略显出几分微风里的静谧。一瞬间，我恍然觉得自己身处京津某个城市居民小区里。这可能是邵对我的感染吧，使我没有了异乡感觉。

五官端正的邵来自天津市河东区，挂职策勒县教育局副局长。他的普通话说得不错，家乡人还是听出轻微的天津口音。远天远地闻乡音，这令我感到亲切。回想二〇〇四年我带队去安徽固镇寻找"天津方言岛"，也曾经有过这种感觉。

邵住在三楼一套两居室的房间。这里就是他的家，我感受着邵的生活情趣。

胡杨笔筒，胡杨根雕，和田玉，戈壁玉……我打量着这套单身男子居住的房间，一件件来自南疆本土的"宝贝"装饰着邵的居室，诉说着主人公乐观向上的日常生活。

邵向我们介绍着他收藏的这一件件宝贝，很骄傲的表情，很自豪的样子。我被他感染了，我相信这是邵的真实情感，我也相信这是邵的真实生活。远离家乡，身处异地，邵丝毫没有流露畏难情绪，始终乐乐呵呵的，看着就让人高兴。

我指着一只胡杨笔筒说，你把它转让给我吧。邵孩子似的笑了，有些不舍的样子。大家都笑了。这是邵对自己宝贝的酷爱。因为这宝贝，来自他所投身建设的南疆土地。

走出邵的家，依然黄昏。小区里，正是晚间人们散步的时候。我们遇到一个个天津援疆干部，他们来自河东区、河北区、红桥区……有教师，有医生，也有公务员。一张张年轻的面孔，洋溢着青春的神采。我们操着乡音交谈，谈家乡的近况，谈新疆的感受，尽管相逢匆匆，握手告别，我还是感受到他们的乐观，他们的安适，他们的青春活力，他们蓬勃向上的精神。

天色渐暗。我站在策勒县城的一座桥上。桥下是一条奔腾而去河流。河道不宽却水流湍急，给人以匆匆赶路的感觉。有人告诉我，昆仑山的雪水汇为这条河流，向西汇入玉龙喀什河。

我想起自己。我想起二十世纪五十年代初期，我的父亲报名援疆，那时候他是热血青年，离开天津投身祖国大西北的开发建设。那时候我只有四岁，甚至不记得去火车站送他的情景。因此，我总觉得自己与新疆有着某种关联——新疆是父辈曾经工作的地方。而新疆的许多地名，乌鲁木齐、克拉玛依、库尔勒、喀什、和田、叶城……我都是从父亲口中听到的。时光流逝，此时，我站在策勒县城的桥上，一时间忘记了遥远，也忘记了时间，我注视着眼前这条穿城而过奔腾而去的河，内心汹涌不止。

我请同行者为我拍下一张照片，我身后正是那条奔腾不息的河流……

四、建筑

有一句名言：建筑是凝固的音乐。这句名言往往令人想起北京故宫、巴黎圣母院、印度泰姬陵、罗马竞技场、金边吴哥窟……然而，我站在肉孜买买提·阿塔吾拉的小院门前，依然想起这句名言。

这是一座普通的独门独院，不大，却崭新。砖混结构，有院落，有厅堂，有厨房，有居室，还有贮藏间。尽管屋里陈设简单，从女主人肉孜买买提·阿塔吾拉心底冒出的喜气，还是赋予这座新居特有的含义。

水龙头流出清凉甘甜的自来水，液化气灶摆着锃亮的炊具，居室里挂着墙毯……加之维吾尔族少妇肉孜买买提·阿塔吾拉的羞涩不语，无不显现日子一天天好起来的气象。

这里曾经是地震灾区，依着国家补贴、地方支持、援建单位投资、家庭酌情出资，四者相结合的政策，勾勒着社会主义新农村的发展蓝图。站在恰合玛村主巷道远远望去，一座座小院落整齐划一，没有雕梁画栋，更没有富户大宅的渲染，却流露出安居祥和的气氛。

肉孜买买提·阿塔吾拉小院外挂着一张公示牌，我用相机拍下它的内容。

恰合玛村一小队肉孜买买提·阿塔吾拉房屋改造规划：人口3人，2009 年人均纯收入 2015 元，人均占有粮食 175 公斤，农田 1.5 亩，果园 1 亩……在原有 103 平米基础上，改造后达到抗震要求的房屋面积 118.6 平米，完全满足 3 口人住房安全……

　　一切都是透明的，就连空气也是透明的。这座小小院落，无疑也是一首凝固的音乐，我们从中倾听到建设者的足音。

　　比肉孜买买提·阿塔吾拉这座小院规模更大的建筑，当然很多。我们在于田县的科克亚乡看到天津援建的温室大棚 152 座，总投资 532 万元，其中天津对口援建 304 万元。我想象着蔬菜成熟季节，一定是"望之蔚然而深秀"。

　　这一座座温室大棚，也是一组组凝固的音乐。它唱响边疆农民丰收曲。

　　在天宇小区，我们看到正在施工的工地，不久这里就会成为一座安居乐业的居民小区，响起乔迁之喜的鞭炮声。在民丰维医医院的后院工地上，正在灌注钢筋混凝土的基础。一座维药制剂车间正在从援建者的施工蓝图变为现实。

　　这一个个天津援疆项目，无论是小小的居民院落，还是拔地而起高大厂房，从一砂一石起步而建筑落成，本身就是一首交响曲。多年之后，它无疑也是凝固的音乐，无声诉说着当年建设者的故事……

夜雁荡的哲学

　　杭州的作家朋友介绍说，西湖美景总相宜，也是有分教的。游湖，晴湖不如雨湖，雨湖不如夜湖。晴湖，我有丽日荡舟的经历，放眼风荷，身心明澈。雨湖呢，我不曾于细雨蒙蒙之游览西湖，只好将其留存在想象世界里：一柄纸伞飘动于苏堤与白堤之间，心在断桥。至于夜游西湖，是这次补的课。我们从音乐喷泉起步，开始夜湖之旅。

　　起初，夜色是半透明的。沿着湖畔前行，夜色便沉重了，脚步随之凝重。远山不见，湖水朦胧，那山那塔那桥——白日里被人们尊称名胜的一处处景致，不动声色地退于暗处，似乎皆含隐忍之心。

　　这时候，我居然担心西湖容颜的消逝。那晴天朗日里的不顾不盼，此时处于得与不得之间，渐渐化为失与不失的担忧。

　　行走在得失之间，脚步愈发谨慎。这种谨慎似乎与不忍失去的心情有关。即使你知道那造物是不会失去的，夜游还是让你加了小心。

　　夜西湖，竟然令你的心思也处于得失之间。尽管你只是西湖的客卿，尽管临安只是你的人生逆旅，夜西湖还是给了你愈放愈大的涟漪，从此岸想到彼岸。

　　智者乐水，仁者乐山。关于夜色迷人，浙江还有雁荡山的景致。夜游雁荡山，据说已然成为旅游品牌。有了夜游西湖的经历，我对雁荡夜色还是难以料想。水，最大为洋。山呢，无外乎是一堆巨大的石头而已。

　　那次夜游雁荡，夜色尚浅。一路上行步步高，天幕已然变得深蓝，令人想起蜡染。我知道这深蓝颜色是天光的残存。远山，朝着浓重延伸，率先入了夜。于是，天幕之下，山，没了白日里的粗粝相貌，浓黑而象形了，譬如说是老鹰，人们便惊呼果然是老鹰。老鹰之后，那一座座山形，像了小蛙，像了大象，像了硕鼠……总而言之，夜色给万物镶嵌轮廓，引发小蛙、大象、硕鼠的遐想。甚至有一块山腰的石头，被定性为偷看姐姐谈恋爱的小弟弟。

游人行至夫妻峰，导游以诱供的口吻让你认定那两座山峰正是相依相偎施以热吻的爱侣。于是再度引发惊呼，颇有原来如此的感慨。

白日里雁荡山细枝末节，统统被夜色抹去了，一切皆以山形轮廓定性。人的思维，也随之变得粗放。譬如白日里的那块山巅之石，夜色里便成了惟妙惟肖的小和尚。

月出东山之上，徘徊于斗牛之间。这时的深蓝天幕已经为夜色尽染，滑向浓鬟浓黛。山的轮廓也被月光弄成另外一番模样。恰到好处了，导游引领的夜游雁荡活动及时宣告结束。人们出了山口，身后群山趁机融入一派混沌的夜了。

翌日清晨起床，尚有续篇。导游引领众人再游昨晚雁荡。白日里，理直气壮的太阳毋庸置疑地成了大地主宰，毫不通融地将万物陈列于天光之下。昨夜景物，一下明朗起来。山腰有了乱石，山巅有了杂树，乱石与杂树之间，可见小鸟飞往。白日里雁荡山重新成为一座极具细节的景致。

回忆昨夜以轮廓取胜的雁荡山，此时没了老鹰没了小蛙没了硕鼠没了接吻夫妻，一切皆被天光还原为原貌。于是，人们再度惊呼，顿生白日此山非夜晚彼山之感叹。

惊讶之余放眼雁荡，白日里的山，有了眉睫，有了皱纹，有了肌理，有了令人迷乱的万般细节，摆出一副任你随意考问的样子。只是夜景里令人惊呼的山形不得见了，全然判若两山。

这正是雁荡夜景的谜底。当你一心注重事物轮廓的惟妙惟肖，只是得到她的边际之美。一旦白日来临，雁荡山的肌体毕露，轮廓便为内涵替代。天光之下的雁荡以整体的真相令你瞠目结舌。因为，细节是雄辩的。轮廓，则只是一种似是而非的美感了。

这正是夜的剪纸般的艺术。这种剪纸般的艺术以阴谋的方式令你陶醉，却绝不穷究事物本相。与夜色相比，白日则是阳谋了。阳谋，以细节的整体力量送给你一幅逼近真相的摄影作品。于是，白日略显残酷——该看到的她都让你看到了，绝不省略，特别周全。

这种时候，人们很可能怀念夜色。因为夜雁荡是不周全不明晰的。有时候人们不注重周全不在意明晰，人们宁愿从略。

如此，夜色也就很可能成为一门哲学，以轮廓取胜而舍弃细节甚至舍弃真相的哲学。有时候，舍弃可能是必要的丧失。

于是，夜游雁荡，游人如织。于是，夜观雁荡成为一门人生哲学。游人呢，不经意之间便成了这门哲学的业余信徒。

你好，攀枝花

从前叫渡口市，后来改叫攀枝花了，是谁给它取了这么美丽隽永的名字呢？我好奇地打听，得知攀枝花原来是一株树。一座城市因一株树而得名，令人产生美丽联想。比如根深叶茂，比如繁花似锦。

金沙江从这里流过，雅砻江从这里流过，安宁河从这里流过。攀枝花在水一方。这座年轻的城市扎根这块得天独厚的土地，必然茂盛起来的。

因水而聚。我们首先拜访二滩。这座横跨雅砻龙江的著名水电站，早在三峡电站建成前，已经是中国水电行业的壮丽风景了。一路乘车途经盐边县，有幸欣赏雅砻江与安宁河的交汇，一股清丽与一股厚重，二水分明，荡荡浩浩。我使用汉语多年，此情此景让我领略了"泾渭分明"成语的意境。这是人在四川，理会了陕西渭河流域的风景含义。

人逢好运气。巧遇二滩水电站开闸泄流，巨人发电了。我曾经见过三峡水电站提闸泄水，水雾漫天，形成氤氲蔽日的小气候，人也感觉湿漉漉的，颇有蜕变两栖动物的趋势。这二滩水电站大不相同。尽管适逢提闸泄水，其势雄壮，其声震天，大坝上依然微风拂面，一派清明气象。这更爽了游人兴致。

二滩电站大坝七只表孔同时泄水，犹如七条巨龙喷涌而出，汹汹然直飞江上。一时间雾气笼罩，江面白色迷漫。此时碧绿的雅砻江身披妙曼白纱，俨然做了大自然的新娘。

我被这大工业的胜景触动，不知如何形容。人是很难胜天的。我们只能遵循大自然自身规律，小心翼翼地接受大自然的馈赠，从而造福人类。二滩水电站的成功便是这样的案例。它既是大工业的样板，也成为著名旅游胜景，吸引着国内外游客。

沿途的乡村美景，显示着大自然的四季。二滩电站的工业美景，则以雄浑刚健展现了人类的创造力。

新兴的攀枝花就是这样一座充满充造力的城市。几十年前，它因发现钒钛铁矿而崛起，从而建立攀枝花市。"攀钢"，这个响亮的称谓——其声朗朗，远近闻名，宛若明珠镶嵌在川西大地，闪烁着耀眼的光芒。

我读大学念的是机械制造热加工专业，从《金属学》教材里我记住了钒和钛。攀枝花以当地盛产的这两种金属组分而生产的合金钢，耐磨且耐热，广泛用于国民经济建设与军工行业。我当年读书只是获得书本知识。此次攀枝花之行，在这里与钒和钛邂逅。我与攀钢的结识，这当是金属的缘分。

参观攀钢，这是必需的。于是，结伴乘兴而去。半路经过攀钢尾矿，我远远望着那片灰白色的凹地，视野开阔。据说日本人多次求购尾矿渣。这种貌似废料的物质，肯定是颇具价值的，只是我们科技水平尚未具备提炼能力而已。尾矿不尾，乃是纵深科研的开头。由此看来，我们的攀钢，任重而道远。

我与主人聊天得知，几十年前建立攀枝花市，从天津调来大批公交力量，组成攀枝花市公交公司。如今，第二代天津人已届中年，继续为攀枝花建设贡献力量。我从天津家乡来，愈发觉得这座城市亲切起来。

走进攀钢厂区，很大。我又嗅到了熟悉的味道。只有与钢铁打过多年交道的人，才能够从厂区空气里嗅到钢铁气息。我以为铁的味道，有些独特的腥气。钢呢，则令你周边的空气升温，甚至有些发甜。我不由想起当年工厂里的那位师傅，他家贫且嗜酒，每天下班路上必然走进那家小酒馆痛饮烧酒，下酒菜只是一根锃亮的六英寸钢钉。这位师傅饮下一口烈酒，吮吸一下钢钉，而后嘿嘿笑着说，这味道是甜的。

从此，我相信钢是甜的，永远记住那根被他无数次吮吸的钢钉。尽管后来有人告诉我其实不甜，那只是饮者错觉而已。然而我还是相信那位师傅的话，认为钢的味道是甜的。我从十六岁当工人，我不愿改写自己的青春记忆。

头戴安全帽，走进攀钢轨梁车间。时过境迁，我当然知道，所谓那种微甜的气息乃是我记忆银行里的黄金，它永远不可支取，却使我成为拥有精神财富的人。就这样，走进攀钢轨梁车间使我颇有重返故乡的亲切感，即使我不曾在这里工作。

是的，尽管已经成为作家，我从不回避自己有着工人的履历，并且因此而感到自豪。我不会忘记，当年劈过铁锭块，端过铁水包，与钢铁共同成长……

中国传统文化有五行说。金木水火土。我认为钢铁理应属金，而我是水命，长流水。以阴阳五行相生论，则谓金生水。从生生不息意义讲，钢铁支撑着我的人生。因此，我应当歌唱钢铁。

于是，我来到攀钢，站在轨梁车间大门口，凝视着产品展台陈列着九种重轨样品。一座钢铁企业的生产能力首先体现在产品系列里。我看到钢轨样品锃亮泛光，有短轨也有长轨，这正是攀钢的优质产品。攀钢生产的钢轨，不但应用于祖国的四面八方，也走出国门远销海外，为世界铺设着铁路。

主人告诉我，昨天车间检修，今天生产了。我暗暗庆幸自己能够看到火热的生产场面。工厂不生产就没了工厂的味道。快步走进轨梁车间，只见生产线正吐出一条火龙，热度扑面而来。这就是工厂的温度，这就是工厂的味道。

空中天车隆隆行走，悬着巨大的起重钩。地面却不见操作工人。当年的轧钢车间，工人们站在轧机前，要么手持撬杠忙着更换轨辊，要么挥动钢钳连连牵引工料，虽然英姿勃发显得帅气，却是辛苦而危险。如今的自动化生产线，极大减少了人工操作。

沿着攀钢轨梁车间走廊，我来到生产控制间。当班工人手指按动按钮，指挥着钢铁的千军万马。

一条条火龙从加热炉蹿出，一路奔走，一路轧制，一路瘦身，从火红的原料而成为泛蓝色钢轨。这时候，我看到一根根钢轨静静躺在步进式冷床上，乖乖地消除着自身应力，仿佛休息了。

从红色火龙变身为蓝色钢轨，这便是钢铁的转世，这便是力量的轮回。

我望着即将出厂的一根根钢轨，心中升起一个词语：出发。

是的，你原本是个硬头硬脑的小伙子，出自矿山熔于高炉，由铁而成钢，而后来到攀钢轨梁车间。你不谙世事却一腔热情，你未经磨砺却向往成材，你几经加热几经火烧，便有了红彤彤的外表，便有了坚不可摧的内心，你在巨大轧机的反复考验下，几出几入，竟然成为一根有棱有角的钢轨。从此，你有着坚实的内心与冷峻的外表，不弯不曲正是你的人生追求。你终将铺设在高山峻岭间的路基上，承受着一次次隆隆高速的碾压，从而是愈发挺直脊梁。

这就是钢轨的命运——这就是攀钢给我的启示。人生，就是一次次承受与锤炼。攀钢，你在生产钢轨的同时，也昭示着这个人生道理。

攀枝花你好，我说得对吗？

厚土鄞州

在中华神州大地版图上，在沿海经济发达地区，有一块形状酷似蝴蝶振翅的地方，这就是鄞州。这块蝴蝶振翅形状的厚土，有着几千年的文化传承与积淀，同时有着强健坚韧的体魄与睿智发达的思维、开阔高远的目光与宏伟远大的追求。破茧而出，化蛹为蝶，迎风飞翔，翩翩起舞，这又是一个崭新的鄞州。

查看汉语字典，知晓鄞字专用于地名，别无它解。翻阅地方史籍，得知鄞是中国建置历史最久的古县之一，从公元前222年设县至今，2200多年的沧海桑田，一个个地名出现，一个个地名消亡，但是鄞的地名从来没有丝毫改变。一个鄞字，在中国漫漫历史长河里，自始保持着自己的永恒读音。一个不容改变的鄞字，似乎彰显真实的存在与结实的力量。一个不容改变的鄞字，似乎也透出这方水土的人文性格。

这当然是个古老地方，也是一个由于鄞而古老的地方。悠久的人文历史，深厚的文化沉积，形成一座座留存至今的文化群落，无不印证着鄞地人民丰富多样的生活。

新夏初至，走进鄞州，仿佛站在历史与现实的交叉点上，感受这方厚土的历史与未来。

古老鄞地的人们，千百年来以自己不辞辛苦的劳作，开垦良田播种稻谷，收获盐渔桑麻，生生不息。这里的人们相信种瓜得瓜的朴素道理，面对高远幽深的大自然，同时深怀敬畏之心。仰望苍穹，他们坚信五谷丰登乃是上天恩赐，因此诚惶诚恐而感恩戴德。于是，在世俗世界与宗教殿堂之间，这里成为佛教沃土，至今仍然可以看到一座座屹立千年的庙宇山门前，留下一串串来自历史深处的善男信女的足印。

鄞地遍地古刹，名声远扬，繁荣光大着佛教文化在华夏大地的传播。一声悠远钟声，贯穿古今而不绝于耳，影响着鄞地千百年的世俗生活。

坐落在鄞州的天童寺，与镇江金山寺、常州天宁寺、扬州高旻寺并称禅宗四大丛林。这座有着1700多年历史的江南名刹，如今仍然香火旺盛，弘扬佛法。早在公元1189年，日本僧人荣西天童寺习禅，返回东瀛即创立了日本佛教临济宗。天童寺在中日文化交流史上，写下重要篇章。

同样坐落在鄞州的阿育王寺，创建于西晋太康三年（282年），也有着1700多年历史。南朝梁武帝亲赐寺额"阿育王寺"。关于阿育王寺名，来源于古代印度。相传印度孔雀王朝国王阿育王为了弘扬佛法，取出王舍成王宝塔的佛陀舍利子，分为84000份，广布各地。在中国共建造19座舍利塔，如今唯一保留下来的正是鄞州阿育王寺的舍利宝塔。

参观阿育王寺，虔心瞻仰供奉在塔堂的佛祖舍利子，沐浴神圣之光，对凡夫俗子来说不啻于人生难得的机缘。从古代印度到今日中国，佛教以其广为传布的力量，深深扎根于华夏大地，给善男信女们以精神信仰，加持着信众柴米油盐的日常生活。

纵观鄞州历史，与佛教信奉"出世哲学"形成对照的，乃是生生不息的入世文化。华夏大地自从隋朝实行科举制，沿到晚清。一代代举子通过苦读经史子集，青灯黄卷，皓首穷经，投身文官制度，努力实现着"齐家治国平天下"的人生理想。科举制度所倡导的求学之风，在鄞州地方表现得尤为突出。走进千年古镇姜山采风，明显感受到来自深远历史文化积淀的气息。

千年古镇姜山，始建于西汉，位于鄞州新区南侧，江南鱼米之乡，素有"鄞南重镇"之称。姜山镇所属的古村走马塘，始建于北宋端拱年间，村中明清建筑保存良好，一户户人家世居祖屋，小巷深深，古风浩荡。踏入走马塘915号宅院参观，灶台水缸，书案茶几，楹联古朴，屋檐滴翠，一草一木皆有来历，堪称鲜活的民居生活博物馆。据史料记载，历朝历代以来，走马塘总共出过76位进士。而在内地很多省份，历朝历代也只不过出了一两位进士而已。相比之下，古村走马塘荣膺"中华进士第一村"，足以说明此地文化土壤的深厚、读书风气的浓重。

万般皆下品，唯有读书高——这既是科举社会的主流价值观，同样激励着身处朝野的鄞州学子走向庙堂。中华进士第一村——这几乎就是留存至今的鄞州仕子博物馆。

鄞州既然是一块文化厚土，那么必然涌现许多文化名人，环绕鄞州采风，不可不走进建于光绪年间的沙氏故居，所谓沙氏是指沙孟海、沙文求、沙文汉、沙文威、沙文度五兄弟。长子沙孟海是著名学者兼书法家。次子文求三子文汉四子文威幼子文度，均为无产阶级革命家，尤其沙文求烈士的革命事迹，更是令人感动。站在烈士遗像前，感受到革命先烈精神品质的高贵——他们放弃"学而优则仕"的传统文人道路，毅然投身民族解放运动，抛头颅洒热血，为追求人生理想不惜献出宝贵的生命，迎来新中国的破晓曙光。

鄞州，这块形状酷似蝴蝶振翅的厚土，与蝴蝶有着不解之缘。从农家灶台，到田间地头，从村镇到通衢，那个美丽动人的爱情传说——梁祝化蝶的故事，更是家喻户晓的。然而梁山伯与祝英台的爱情故事，恰恰发生在鄞这个古老的地方。

尽管《鄞县志》这样的地方史籍里记载的梁山伯只是鄞县县令，主持堤坝工程，治理水患，政通人和，造福乡梓，是一个合格的"父母官"。然而几经流传，梁山伯还是演化成为那部催人泪下的爱情故事的主角。他与祝英台的生死绝恋，感动着一代代国人。尤其是广为流传的梁祝化蝶，分明预示着"鄞"地与"蝶"字结下不解之缘。

时光流水，不舍昼夜。两只忠贞不渝的美丽蝴蝶迎风飞舞。时光终于到了2002年，一只明丽轻盈的蝴蝶翩翩而至，一个古老而崭新的地名响亮而生——鄞州区诞生了。

从此，亘古不变的鄞，充满了新时代的活力而屹立中国沿海地区。她，脚踏坚实的大地，面向浩瀚无垠的大海，仰望深邃高远的星空。于是，关于"鄞"字，也拥有了新的涵义。

2012年，崭新的鄞州10岁了，借用朱自清先生的名句，"她从头到脚都是新的"。最为引人注目的南部商务区，拔地而起成为鄞州新城的核心区域，已然成为鄞州进入新时代的象征。登上新区第一高楼，鄞州景观尽收眼底。一座新城在如此深厚的文化土壤上崛起，这是颇有根基的。正如我在大楼里看到一幅招商标语：繁华亦从容。这是我迄今看到的最有印象的广告语。一个地方的文化积淀不是一朝一夕的事情。

游览鄞州商务新区水街，令人感慨良多。大多人类发祥之地，几乎都与河流有关，可谓在水一方。然而一座城市对水的理解，则大不相同。鄞州新区的水街，河流两旁高楼林立，却显得近在咫尺。人与水的亲近，不言而喻，显现了人性的关怀。几座欧式风格的桥梁连两岸，静谧而通达。我所经历的那座有河的城市，几年来通过城市改造竟然在河流两岸修建了封闭快速车道，汽车沿河岸往来疾驶，仿佛铁甲列队，人不可近，一下将河岸隔绝开来。河在眼前，却使人无法亲近。一座城市的母亲河就这样从日常生活中丧失了。

鄞州新区的水街，完全避免了这种疏离感，充分体现了人对河流的解读，我以为这正是江南水乡对水和生活的深刻理解吧。

一条水街，使我感受到鄞州人的风貌。令我感到惊奇的是鄞州商务新区的总体设计思想与理念：这座地上之城建筑面积有多大，她的地下之城的建筑面积就有多大。一幢幢商务写字楼，地下相连，处处通畅，仅地下停车位就达万数。这样的新城设计，无疑说明了鄞州人的城市观念。

一座新城的发达，不光停留在 GDP 数字上。文化建设的根基，乃是城市的软实力体现。参观鄞州南宋石刻公园，我们看到一处处历史文化遗存。走进新区参观紫林坊艺术馆、华茂美术馆、鄞州博物馆，则看到崭新的鄞州对文化发展后劲的看重。一座城市历史文化的传承，必然是一条不可断裂的纽带。今天的辉煌，正是昨日的延续。轻视昨日，很可能失去未来。

走马观花，我却在鄞州看到这种结结实实的文化纽带的延续。这是鄞州人的智慧，也是鄞州人功德。

这正是今日鄞州——化蛹为蝶，迎风飞舞，缤纷满天，光景大好。

黄冈表情

　　阳光明媚。一大片向日葵，宛若笑脸绽开，反衬得阳光愈发明亮。在这有着千年文化积淀的沃土上，放眼望去，万株竞开，其势蓬勃，一派生机。

　　这不是明媚的阳光，她是晚间黄冈中学礼堂的灯光。这也不是一大片向日葵，她是黄冈中学高中生们的笑脸。

　　湖北的黄冈中学，简称"黄高"。她在中国的知名度，我敢断定足以超过赴黄冈采风的作家们。湖北的黄冈中学以悠悠百年的历史、独特的教学方法、优异的师资力量、骄人的高考成绩，名声远扬。尤其令"八零后"、"九零后"惊呼不已的"黄高秘卷"，其难度往往超越京沪名校水准，既是让学生们头疼的难题，又是备战高考的"秘匙"。魔鬼与天使的双重身份，使它成为一代学子的青春记忆，堪称终生难忘。

　　中国的应试教育体系，正在极力摆脱多年来形成的弊病，力求培养出德智体美劳全面发展的新型国民。黄冈中学同样做出这样的努力。同时，学生们依然坚信"知识改变命运"的箴言，青灯黄卷，苦读不止，他们面对"黄高秘卷"，解答着一道道数理化难题，迎接人生首次"大考"。

　　此时，他们坐满会场，依然笑脸盈盈，好似阳光下一株株昂首挺拔的向日葵。尽管这是我的错觉，我仍然愿意相信这里的灯光就是阳光，满眼尽是青春期的向日葵。

　　这里的青春，她因归属"黄高"而卓尔不俗。这里的青春，她因清脆的拔节声而显露活力。这里的青春，她因信心十足而激情四射。这就是黄冈中学的表情，这就是黄冈学子的青春表情。

黄冈学子的青春表情——她因相信未来而坚定不移，她因坚定不移而相信未来。

文学讲座开始前漫步黄冈中学操场，晚霞在天。这是多年未见的火烧云。文学讲座结束后走出黄冈中学礼堂，晚风送爽，景物朦胧。我却牢牢记住黄冈中学的青春表情，几乎忘记自己的年龄。

有时候，你忘记自己年龄是因为面对浩瀚的历史长河。尤其瞻仰先贤前辈，置身催人热血沸腾的历史深处，譬如你置身闻一多纪念馆，而且是在细雨中。

一尊黑色大理石雕像，矗立在庭院里，闻一多站在黄冈浠水的细雨中：迎风扬起的头发，生动传神的胡须，长衫、围巾、手杖，令人仰视。

这就是写出《七子之歌》《死水》《太阳吟》《发现》《我是中国人》等诸多作品的伟大诗人吗？我试图仔细打量他的表情。细雨中，我看到黑色大理石的缄默。

闻一多绝不是缄默的人，否则这尊黑色大理石雕像也不会被罪恶的子弹击中。

纪念馆大厅迎面墙壁，满墙红色，衬托着诗作《红烛》。闻先生画像掩映在红色里，他依然未修边幅，嘴里衔着那支不屈不挠的烟斗。诗人目光穿透流水时光，径直投射到今天。不知为什么，我脚踏这方依傍大别山的土地，愈发关注这位献身反独裁争民主的文化斗士的表情。

闻一多的目光温和而冷峻，温和与冷峻，这两个截然相反的形容，恰恰构成他的独特表情。他的温和透露出中国知识分子谦和庄正的情怀，承载着几千年的文化根脉；他的冷峻弘扬着中国知识分子传统，抵抗着社会现实生活的虚伪无耻与独裁罪恶。

一幅幅不同时期的照片，讲述着闻先生的生命历程，也展示了他不同时期的表情：在浠水家乡，在清华读书，在纽约留学，在昆明西南联大……我瞻仰这位诗人、学者、民主战士的影像，还是觉得他是个文人。他的挺身而出，是典型的中国文人的舍生取义。

于是，耳畔响起闻先生的最后演讲："这几天，大家晓得，在昆明出现了历史上最卑劣最无耻的事情！李先生究竟犯了什么罪？竟然遭此毒手，他只不过用笔写写文章，用嘴说说话，而他所写的所说的，无非是一个没有失掉良心的中国人的话……"

之后卑鄙的枪声响了，闻先生就成了这尊黑色大理石雕像。

我想象着闻先生演讲时的表情。尽管他那明显倔强的神情，随着时光渐渐模糊了。正是由于时光远去吧，可能当今这种文人表情日渐稀少。好在，长江不废，大别山尚存。于是我怀想，诗人、学者、民主战士的独特表情，必然光耀着这方英杰辈出的土地。

甘露不偏。一路落雨，大地露出湿润的面孔。路旁草叶子亮得刺眼，田畔野花正鲜。就这样我们走进蕲州李时珍纪念馆，顿时觉得所有绿色植物都有了深刻含义。一尊古铜色半身塑像正是《本草纲目》的作者。

前庭园林宽绰，只有一簇绿色植物围拢着李时珍塑像，四周了无他物。我猛然觉得天高地阔，沿着长廊走向绿色深处，前往正厅拜谒药圣。

长廊极长，走至尽处转弯，还是长廊，这考验着人的耐性。这时候，我感受到那尊古铜色半身塑像：李时珍专注的目光。

目光专注，表情安稳，生活在明代的科学家就这样注视着四百余年之后的来访者。他当年的跋山涉水遍尝百草的不凡经历，如今以连绵长廊方式让我们领略百草的原貌。

李时珍历时二十七年，完成了天下奇书《本草纲目》，还写了《濒湖脉学》《奇经八脉考》。就连写《中国科技史》的英国学者李约瑟博士也曾前来拜谒中国药圣，这是西方实证科学对东方实证科学的致敬。

脚步踏着长廊，走廊外处处栽种着当年经李时珍订正的草药。他以科学实证的精神，发现前代本草著作"谬误差讹遗漏不可枚数，乃敢奋编摩之志"。他反复考察对比，对明代以前的本草著作进行整理和补充，将其中不正确之处给予纠正，避免了后人误用其药。

大黄和羊蹄大黄本是两种药物，前人误为一种，李时珍予以纠正。

萍，即水浮萍，梁代陶弘景，唐代苏敬等人混淆不清，李时珍纠正了前人的错误。

蓬藟、覆盆子为蔷薇科，此科属品种极多，自古难辨，李时珍根据实物，逐一将其区分清楚。

生姜、薯类是常用蔬菜，旧本草将其列入草品，李时珍将其更正为菜部。

槟榔、龙眼药用其果，前代本草列入果部，李时珍将其归入木部。

……

沿着长廊走向深处，也走进李时珍内心深处。翻山越岭，涉川渡水，深山植被、路畔小草均被他的目光仔细打量。他广罗博采，删繁补缺，一部《本草纲目》字里行间，洒尽专注的目光。

穿过长廊，走过展厅，地势渐高。一尊汉白玉半身雕像矗立坡上。我终于看到药圣的表情——李时珍的专执目光投向前方。我不由转身随其望去，那是更远的地方，或有一株大树，或有一簇小草，或有一汪水生植物……

汉白玉的李时珍雕像表情从容，他的深邃目光投向远方，依然订正着这个似乎日臻完美的世界。

其实，这个世界并不那么美好。因此，才有了虚构的艺术。艺术以虚构的表现，反而愈发真实地再现了世道人心。走进黄梅县的黄梅戏剧院，切实感受与现实世界平行存在的艺术世界。

湖北黄梅县是黄梅戏的发源地，也是黄梅戏称谓的由来。黄梅县地处鄂豫皖交界处，黄梅戏从这里传入安徽，渐渐成为广为传唱的地方剧种。黄梅县当年没有出现大家严凤英，当今也没有出现名角韩再芬，然而这里毕竟是黄梅戏的发源地，有着黄梅戏的原本表情。

看了《女驸马》选段，看了《春香传》选段，看了黄梅小戏《投江》，看了黄梅小戏《昭君出塞》，大轴是黄梅小戏《分别》，但我仍然最为欣赏《打猪草》选段——《对花》。虽为小段，它却代表着最初的黄梅调。

一折折黄梅戏，满台生辉。我不由从中品出黄梅人乃至黄冈人的性格，就是包容与不弃。一个原生黄梅的剧种，几十年竟然在安庆唱红，而且涌现了三代著名演员，成为安徽的戏曲品牌。虽然许多人不知黄梅戏出自湖北黄梅而非安庆，然而黄梅人热爱艺术胜过热爱自己，他们放下身段派出一批青年演员前往安庆学戏，学成之后重返家乡让黄梅戏浴火而重生。如今黄梅县的黄梅戏剧团，不但有着非物质文化遗产的传承人，还有诸多崭露头角的青年演员。让黄梅戏回家，湖北人不光热爱自己的东西，也懂得向他人学习。

望着舞台上黄梅戏演员生动传神的表情，我想起一路采风经过的地方和拜谒的人物。东坡赤壁，黄州古街，遗爱湖公园，五祖寺，陈潭秋故居……山山水水，英杰俊才，千姿百态，丰富深刻。黄冈古地，人杰地灵，何以概括它的表情呢？不知为什么我想起齐安湖，想起黄冈人历经八年建成的遗爱湖生态公园。

那么丰饶辽阔的一片大水，沉静而不失深邃，清澈而不乏丰富。一片涟漪，这是水的一个小表情。一片大水本身，则是大自然真实面孔——明亮而沉稳。

微风徐来，这是大水温柔的表情，一旦疾风突至，大水所迸发的强劲力量，只有黄冈人知道。

因为，黄冈人懂得黄冈表情。这表情留存在黄冈深远的历史里，也蕴含在黄冈的现实生活中。

太白山小记

我是个缺乏常识的人。譬如我知道太行山，却不知道它的主峰。前年在山西平顺采风向作家朋友请教，方知太行山脉主峰是王莽岭。

关于秦岭，我自以为是知道的。它是中国南北气候、地理、土壤、动植物的天然分界线。秦岭在陕西方面属于沉陷地带，因而高拔陡峭，危乎高哉。它向四川则呈缓坡状，一路直下成都平原。

秦岭山脉主峰何在，我不知道。近年来在报纸上多次读到太白山，也不曾将它与秦岭联系起来。

深秋季节，我有幸来到陕西省宝鸡市眉县，参加"百名作家走进太白山"大型采风活动，入住汤峪镇国宾酒店。

我来自京津地区，太白山区的空气顿时唤醒我童年记忆：清新的空气，甘洌的泉水，安静的街道，鲜甜的水果，还有真实的人。

这时候，我得知秦岭山脉主峰是太白山，太白山极顶为"拔仙台"，海拔约3767米，其高度超过峨眉、华山、黄山、泰山。

关于太白山的点点滴滴，补充了我的常识空白。翘首仰望古称太乙山的圣地，心头生出企盼——走进太白山深处，感受真实的秦岭。

一、一个人

乘车上山，一路观景，见有莲花峰瀑布，清流直下，纷纷落地幻作万千珍珠，随流溪而去。前行有景点世外桃源，飞瀑流溪于此缓作禅定状，坐拥一汪清潭，不禁顿生世外之感，"不知有汉，而无论魏晋"。我乃凡夫俗子，自然难生世外之心。这正是流水的文章，一时去也。

沿太白山索道，乘坐悬空缆车，几经起伏，一路攀升，从下板寺向上板寺而去。不用脚力而登山，这是机械力的功劳。然而，乘坐缆车登山，这断然难以成仙的。

我们前往拜谒的正是拜仙台。如今，它是个旅游景点。从前，它是个古老传说。将来呢，它仍然属于发明著名川菜"东坡肉"的先人。

终于到达拜仙台景点，此处海拔约3400米。只见迎面紫石影壁，镌刻景点简介："相传苏东坡在凤翔任签书评判，为解关中大旱，拯救民众，在此求雨，龙王担忧违反天条犹豫不决，苏轼真心诚意，在此长跪三天，终于感动龙王，降下甘霖，缓解旱情。从此故名'拜仙台'。"

苏轼拜仙祈雨的故事，流传至今。游人到此观光，拜谒的是亲民勤政的苏东坡。当今地方官员理应从苏轼祈雨故事里受到启发，面对群众疾苦，尽心竭力，造福一方，奉献和谐社会。

然而，关于苏东坡求雨事迹，还另有版本。据说，此前也有官员在山下求雨，并无效果。苏轼先生不辞辛劳登临高端，擂鼓求雨。鼓声雷动，形成巨大声浪，响彻云霄，聚云为雨，此方法与当今人工降雨近似。于是，苏轼求雨，天降甘霖。

我欣赏苏轼"感动龙王"的传说，更感佩苏轼"人工降雨"版本。他是大文学家，同时懂得物理学原理，我不由想起达·芬奇。那位洋人是大艺术家，同时也是科学家。

登临拜仙台，只见四周悬空，云雾缭绕，站立云台，如入仙境。苏轼为民拜仙祈雨，他也成为被后世景仰的仙人。

这就是太白山上的一个人，不似仙人，胜似仙人。

二、一株树

一株树，两株树，三株树……一株株树，深褐色树干，枝桠平展，彼此相间。我认出这是松树。海拔渐高，阔叶林消失，针叶林唱了主要角色。

游人沿山路或上或下，屡屡与松树擦肩而过，人与植物，两不相看。这是山间，也是人间。一个人与一株树的相遇，似乎也要相忘于江湖。人是万物之灵，树是万山之帜。此时，我注视一株株松树，这是太白山松树。

秋深冬浅时节，一株株落尽松针的太白山松树，宛若脱衣免冠的隐者，俏立于山坡之上，尽显天然本色。一位位隐者脚下，遍布枯黄细长的草，使人想到柔软。然而，一棵棵身材修拔的松树，反而牢固地挺立着。满山枯草伏地柔软着，满山松树迎风挺立着。这就是草与树的区别。我敢断定，太白山松树的根须与太白山魂紧紧相连，从而获得直插云端的骨骼与胆气。

放眼山坡，一株株松树或野生或人工栽植，皆具太白山性格，肃然而立，不弯不折。我凑近观察，褐色树皮形似鳞片铠甲，更加增添几分武士气质。

太白山松树，就这样站立着，似乎对游客昭示着为人处世的道理。

下雪了，雪花形似小精灵，漫山遍野眨着眼睛。我没有抵达顶峰，无缘欣赏“太白雪花大如席”的壮景。如今，气候变暖使得北极冰山融化。太白山峰顶积雪远望形若积云，弥足珍贵。

雪花飞舞。这是我的 2013 年第一场雪，煞是吉祥。披雪而行，一路阶梯均由松木板材铺设而成，这不仅防滑，还避免石阶的坚硬，行走富有轻微弹性。望着满山松树，脚踏松木阶梯，我蓦然感受到太白山松树的性格。

站着，就站得直直，不卑不屈，敞开襟怀，风来不拒，雨来不惧，接纳普天阳光，不避风霜雪雨。一旦化为板材铺设山路阶梯，躺下，便躺得平平，一任游人踩踏，不吭不哼，无怨无艾。

这就是太白山上一株树，不似树神，胜似树神。

三、一滴水

我们可以从一滴水珠儿里映见太阳。于是，一片海洋与一滴水珠，并无大小之分。这正是水的神奇。地球，其实就是个水球。

一滴神奇的水，从上天降落太白山下，它凝结着热量存储于山脉间，人们给它取名温泉。

这泉水，深藏于地下 2000 米的优质深层岩间，出水竟达 72 摄氏度，富含氟、钾、钠、钙、碘、氡等微量元素，堪称神水。这是上天对太白山的赐予，也是大自然托付太白山人的资源。

面对上天赐予，面对大自然托付，太白山人惜水如金。我站在太白山国际旅游度假区沙盘前，山山水水，尽在规划中。太白山的发展远景，令人向往。

晴日泡在温泉池里，看山，山增色，空气润泽。晚间泡在温泉池里，夜空温婉动人，余韵不尽。

温情，温暖，温馨，温存，温婉，温柔，温和，温厚，温从，温良恭俭让……几乎所有与温字相关的词汇，你都可以从太白山温泉里感受到它的含义。温泉，滋润着你的肌肤，直入心脾。

泡在温泉池里，使你惯常认为无所不在又无所感知的空气里，有了既充实又飘渺的内容。

这正是温泉的神奇。老者入浴，竟然露出婴孩般的笑容，水给了遥远童年般的抚爱。少女入浴，则是温泉不可或缺的风景。

水是山之魂。水给太白山带来福祉。保护上天赐予的水资源，太白山人心怀感恩。

温泉，是太白山的感恩喜泪。这喜泪，带着人的体温，还有祝福。

这就是太白山一滴水，不似神水，胜似神水。

四、一种水果

这是汤峪镇。过了桥，河畔有小型集市，一个个货摊出售水果，主要是猕猴桃。以前听说秦岭地区盛产此类水果，还有被称为"奇异果"的。几人结伴逛集，站在水果摊前观看。

这是本地出产的猕猴桃。有一种黄褐色的，表面生着可爱的绒毛，使你觉得它是某种即将破壳而出的小动物。还有一种深绿色的，小巧玲珑，令你产生有关"和田籽玉"的联想。

卖猕猴桃的大姐热情开朗，动手切开猕猴桃让我们品尝。尝了尝红阳的，好吃，买了。尝了尝野生的，好吃，买了。尝了尝其他品种的，好吃，买了……

齿颊留香。几个大男人居然瞬间变成购物狂，每人买了好几箱。我们居住的城市里，没有这么好吃的猕猴桃，即使有也是很贵的。

又遇到板栗，已然炒熟了。一旦品尝便爱上了。又是出手购买，而且夸不绝口。只有赞美，绝无挑剔。我们几乎成为当今世界最为友善的买家。汤峪镇的河畔小集市，也成为当今世界毫无瑕疵的市场。

之后，又买了核桃，还买了当地称为"怪枣"的野生水果。我们如此疯狂，卖家更加厚道起来，赠送了几只黄色大柿子。

这时候才意识到搬运成为难题。女摊主派出丈夫驾驶农用三轮车将所购货物送到国宾酒店。

我们摇头摆尾朝着住处走去，渐渐从购物角色返回现实世界，还原为本色。于是，意识到必须抓紧时间打包装箱，过午一点钟出发。

忙得满头大汗。我们满载胜利果实告别汤峪镇国宾酒店，车里也装满我们"物美价廉"的心情。

抵达咸阳机场。来自羊城的妹妹花了 45 元钱打包装箱。她是我们此行疯狂购物团伙里的唯一女性。

她的行李超重，这都是猕猴桃惹的祸。她只得另付两百多元的行李超重费。如此意外遭遇，她买的猕猴桃折算为每斤 80 元人民币。

尽管如此，太白山购物还是给我们带来欢乐。那一只只猕猴桃，跟随我们乘坐飞机返回家乡。

热烈欢迎太白山猕猴桃来到天津做客。我肯定要将它请进肠胃，与我成为一体。

这就是太白山的猕猴桃，当然可以被称为"奇异果"。因为它记载着我们奇异购物的热情，无疑成为太白山之行的有趣纪念。

太白山小记。小记太白山。

天池花山览胜

天池花山者，天目山余脉也，坐落吴中，直望太湖。山之东坡为花山，西坡为天池，两坡合称天池花山，有"吴中第一山"美称。其主峰状若莲花，得名莲花峰。

花山东麓有旅舍，取名"花山隐居"。中国隐居文化，属于古代文仕生活，今人生疏久矣。花山隐居？一时间觉得古风浩荡，仿佛穿越时空，"不知有汉，而无论魏晋"了。

一座中国古典式庭院，迎面有"空山可留"砖刻匾额，与众不同。踏进前院，穿堂而过，庭中有池塘，曲行有游廊，廊下有山石，石旁有玲珑宝塔，塔旁海棠含苞玉立，只待信风拂来，旋即盛开。

拾阶登楼，廊厦深长。左侧露天观景，右侧一间间客房不以阿拉伯数字编号，而是别出心裁：冰心居，涤心居，赏心居，畅心居，沉心居，鉴心居，洗心居，清心居，惠心居，静心居，沁心居，随心居……真是心有所居，归属花山了。

夜晚空气清新，伴花香安眠，梦入儿时摇篮。花山隐居的清晨，你是被鸟儿啾鸣唤醒的，窗外喜鹊登枝。

都市白领生活，早晨依靠闹钟起床，声声噪耳。花山隐居的清晨，唤你回归大自然。

花山隐居的客舍早饭，有素食化趋势。白米粥、煮玉米、蒸红薯及佐餐小菜雪里蕻、白水煮蛋提供人体所需营养。

此时，面对近乎寺庙斋饭式早餐，你猛然想起昨晚仓促入住，没顾得开电视看节目。桌旁有人小声告知，这里是花山隐居，客房里不放置电视机。

常年旅行，客房不放置电视机还是第一次遇到。置身当代社会同质化生活，遇到"第一次"的事情很少，N次的事情居多。是的，人类已经被电视捆绑在床上，手机则训练着"低头族"和"拇指控"，我们的人生几乎被锁定在小小屏幕里，忘记抬头远眺——前方风景独好。

走出花山隐居旅舍，遥望花山不远。山不在高，有仙则名。我们从东坡起步，乘兴寻访仙踪。花山顶峰海拔169米，不高。我们安步缓行，沿"花山鸟道"上山，优哉游哉。

花山鸟道两旁，巨石多见，正是摩崖石刻群了。一路观赏石刻，一路引人驻足。首先见到一尊刻有"上法界"三字的巨石。我乃俗人不通佛理，暗暗揣度"上法界"三字含义，深知拜山须怀敬畏之心。

满山皆石，逢石皆字，山野充满石趣。这令花山有了内容。上山途中，我依次看到这样的石上刻字：山种、隔凡、吞石、百忆须弥、龙颔、坠宿、渴龟、华山鸟道、凌风栈……自然风景固然好，人文历史沉淀其间，花山便厚重起来，山水皆有来历。

一尊巨石刻有"向上大接引佛"，令我心情肃然。之后的巨石刻字便是：布袋、皆大欢喜、落帽、卧狮……前行数十步，有摩崖石刻菩萨面。来到三转坡巨石前，回望菩萨面，遥想乾隆皇帝品尝翠岩寺美味，那尊菩萨面巨石无疑是镌刻着天池花山美食历史的功德碑了。

花山的摩崖石刻，字字点睛，处处化魂。倘若空山无字，花山文化内涵锐减，几近野山了。纵观花山摩崖石刻，可谓点石成金。人人行至刻有"且坐坐"的石前，仿佛受到神明关爱，随即倚坐石前小憩，活像个听话的大孩子。

站在刻有"石床"二字大石板前，你会觉得这是神奇造物为后人预备的下榻处，登山疲劳，请你侧卧歇息。

最具匠心是那尊刻有"仙"字的巨石。这个朱红色仙字将"人旁"置于"山"字头上，透露出民间社会的人格化精神。至于"百步潺湲"巨石刻字，则带我们随流水去了。

一尊尊花山摩崖石刻，开启一扇扇自然之门，让游人领略自然风光之时，还得到心灵感悟。

"吴西界有华山，可以度难。"华山即花山。由此可见，花山宗教活动历史悠久。山间有翠岩寺名刹，历经千年风雨，如今只存废墟，依然吸引游人拜谒。

翠岩寺大殿始建于宋，毁于元，明重建，兴盛于清初。翠岩寺大殿后被毁，原址遗存十余根石柱，冲天而立，远望宛若举香祭天，令游人难掩惋惜之情。

翠岩寺遗址侧旁，已然重建了大雄宝殿，建筑坐东朝西，并不在翠岩寺山门中轴线上，这有违寺庙常规。聆听讲解得知，起初主张在翠岩寺原地重建大雄宝殿者，不在少数。然而，为维护文物原貌，保护历史真相，吴中最终决定保留"华山翠岩寺"原址遗存，异地重建大雄宝殿。这种胆见卓识极具文化意识，使得只留存十余根石柱的翠岩寺遗址，被誉为"苏州圆明园"，近乎国宝了。

如今，翠岩寺遗址院内古树参天，栎树榉树浓荫盖地。游客行走其间，仿佛置身历史深处，耳畔犹闻般若大家支遁法师开坛讲经。

路经御碑亭，亭内御碑镌刻康熙乾隆游览花山诗作，表达了登临花山终遂夙愿的帝王情怀。

前往莲花峰，须经放鹤亭。仙鹤远去，空余鹤亭。然而，簇簇白花盛开，点染山间春色。我突发奇想，这满山白花或为当初仙鹤抖落羽毛，化作种子迎春绽放吧。

登山途中，道旁石壁刻有乾隆《华山作》诗："问山何以分高下，宜在引人说诗兴者。遥瞻濯濯青芙蓉，南嶂犹平堪跋马……"我发现这面石壁曾有刻字，为了镌刻帝王诗作将前人刻字铲平，只剩一个变体的"云"字。

汉字"云"有诉说之义，这个残留的"云"字与乾隆皇帝诗作并存，就这样向后人诉说着什么。有人不知所云。有人知所云。

终于登临莲花峰。这就是吴中第一峰。山巅有巨石矗立，酷似莲花盛开。尽管海拔只有171米，我立于莲花石前，顿觉高山仰止，斗胆攀登莲花石上，迎风站立，倍感自身渺小，了无斤两，放眼远望，绝无一览众山小之豪情。

我以为这就是莲花峰给我的告诫，于是心有所悟，深感不虚此行。

拜谒了莲花峰，沿石阶小路从西坡下山，便入天池境内了。山下就是寂鉴寺。

游天池花山，登莲花峰，感受好山好水。此前走过不少名山大川，山高路远往往乘坐索道缆车。然而这样的过程好比读书，乘坐索道缆车等于只读了山之前言，便径直阅读山之后记，对中间内容不甚了了。然而重要的恰恰是过程。天池花山仿佛造物主为凡人量身定制。一路游览，不需任何交通工具介入，一派自然天成，令人欣然而忘返。

天池花山，不大不小，正好。那朵硕大无比的莲花，正在海拔 171 米地方等你。莲花盛开，清风入怀。

为有暗香来

佛光普照三平寺，灵应感通灵通山，文学巨匠林语堂，黄金之果琯溪柚，青花起源平和窑，精美绝伦平和土楼。

这是平和县六大文化品牌。一路采风，拜谒了佛教圣地三平寺和文学大师林语堂故居，游览了"闽南第一山"灵通山，参观了"海丝青花瓷"的南胜窑和田坑窑故址，走进了最具闽南特色的土楼……

来到红军三平会师纪念馆，不由走进历史深处。1935年7月中国工农红军独立第三团和独立第九团在艰苦卓绝的三年游击战中，终于三平寺胜利会师，写下红色历史篇章。由此上溯到1928年3月8日打响八闽大地第一枪的"平和暴动"，印证着平和是有着红色基因的土地。

闽粤交界边的崎岭乡下石村，一座钢结构的桥梁横跨深溪，很是壮观。以前这里没有桥，深溪两岸乡民交流不便。这座桥梁的落成，将两岸那两座建于乾隆年间的古老土楼"到凤楼"与"中庆楼"连通起来，也让深溪两侧从无往来的村民们走动起来，建桥打破壁垒，堪称和谐乡风。

令人惊叹的是桥上书屋。清华大学的设计师们巧妙利用空间，铺设地板，将这座桥梁设计为两间书屋，摆放各类书籍供村民和游客阅读。它既是便民桥梁，也是传播文化知识弘扬传统文化的阵地。

就这样，一座现代化桥梁与两座古老土楼交相辉映，成为独具平和特色的景观。

这座构思新颖结构独特的桥上书屋荣获阿卡汉建筑奖。这是建筑界的诺贝尔奖。具有如此现代意识的建筑坐落在地处偏远的下石村，这是土洋结合的产物，也是文化下乡的成果。

我们坐在桥上书屋的教室里合影留念，人在桥上，心在书屋，感觉很是奇妙。

漳州境内土楼很多，名气不小，比如建于清嘉庆年间的环溪土楼。然而"藏在深山人未识"的景观，总会给游客带来意外惊喜。我们在平和县大溪乡庄上村，见到建于清初的大土楼，真是大开眼界。

这座大土楼依山而建，空中鸟瞰呈马蹄形状，它占地54亩，南北相距220米，周长700多米，建筑面积9000平方米，土楼高9米……仅从这组数字里，你很难感受到它的恢宏气势。

正值学校放学，一路奔跑的孩子们沿着水塘边的小路，顺着土楼围墙跑向远处，一个个欢声笑语的身影消逝在土楼里了。

我们并没有意识到这座土楼的宏大，沿着孩子们的路线走向土楼大门。这座大门并不宽敞，使你觉得就是座普通的院落。

穿过门道走进土楼，我和伙伴们都惊呆了。眼前是一座宽广的场院，形似中国北方晾晒谷物的打麦场。土屋鳞次栉比，一间间放眼望去，难见尽头。

沿斜坡前行，这时意识到是在登山。抬头观望一座10余米高的小山，矗立前方。原来这座被称为世界上最大的方形土楼，是将小山包围其间的。我突发奇想，庄上土楼就是一只巨型大碗，它将一座小山盛在大碗里，好像盛满拱尖的米饭。

登临小山，凉亭歇脚，请来土楼主任介绍情况，得知居住这座土楼里的村民均为叶姓客家人，先祖来自河南省叶县。楼内村民曾达一百余户人家，近两千人口。这座世界上最大的方形土楼，可谓平和一宝。

说起这座土楼颇有来历，它为明末天地会首领叶冲汉的祖居地，相传小山下埋有宝藏，至今不曾开掘。山下那座"打麦场"则是当年小刀会习武的场所。自然天成的人文地理与深厚的客家文化积淀，使得庄上土楼被国务院命名为"全国重点文物保护单位"，当地已经拿出文物保护方案，拟定实施。

一路行走在平和大地，从佛教寺院到林氏家祠，从文庙到武榜眼府，以至九峰古镇的城隍庙，处处可见平和历史文化特色。

我们参观九峰古镇得知，设立平和县的王阳明先生，竟然将唐代大诗人王维的牌位请进九峰城隍庙，摩诘先生端坐后殿，作主持日常工作状。这闻所未闻的故事。如今的平和文化人，只要谈到王守仁先生依然不乏感恩之情，他毕竟在中国版图里留下平和县，成为众人景仰的先贤。

然而，久久令我难以忘怀的却是平和境内漫天遍野的无形之物——那沉浸肺腑深进心脾的香气。

起初，我不知何种植物释放出如此典雅高贵的香气。无论你从哪里来，初春时节只要到了平和，便与这香气今生有缘了。

我闻知这香气来自柚树开花，不由得心生向往，急于参观平和的柚园。

平和乃琯溪蜜柚产地，已有近五百年种植历史，琯溪蜜柚早年为清廷供品。如今种植面积 70 万亩，年产百余万吨，占全国产量四分之一。被称为世界柚乡、中国柚都。

我们迎着扑面香气寻根溯源，乘车前往高寨柚园。一路上，香气渐浓。不知为什么，我的心忐忑起来。近乡情怯？可是这里并非我故乡。似乎去见企盼已久的人，她正在柚园等候我。

其实，三年前我在梅州雁洋进过柚园，那是成熟的秋季自然没见过香气淡雅的柚花。

高寨地方，漫山皆是柚树，远望就是一座绿山，细节不辨。好在道路两侧植有柚树，促成了约会。顶着蒙蒙细雨，下车观赏。

终于见到柚花。白色。这白色，白得厚重，白得大方，白得恰到好处。我以往见过诸多白色花朵，或白得灵巧，或白得俏皮，或白得精细……相比柚花，全然不同了。

沿着栈道，快步走进柚海深处，领略被称为"柚海布达拉宫"的高寨村景色。驻足观景平台，我脑海里迸出诗句。理应四句成章，偏偏前三句空缺，我只得第四句："不觉香气已压身。"又疑是古人诗句深存记忆里，更不敢献丑了。

纵身柚海赏花，有的柚花含苞欲放，花蕾低垂不显急切；有的柚花初开，花朵微张并不招摇。一树柚花不繁多，显出以少少许胜多多许的从容态势，大气、稳重、不做作，甚至流露几分憨态，其花已然具有果王气象。

我为柚花拍下照片，当即发到朋友圈，高寨柚花随着香气传播出去，远至北国家乡。

阴间多云。接待我们的朋友似有遗憾，表示如遇大晴天香气更易显现。我则颇为自私地认为，这等天气柚花香气不易扩散，恰恰令我尽享，岂不快哉！

平和城处处浸透着柚花香气，无疑成为有福之城。柚花初放时节，置身中国柚都，遥想果实成熟季节，一树百果，柚色金黄，实乃人间美景。那一颗颗憨态可掬的蜜柚，颗颗不改初心。那蜜柚初心，一定是晶莹的紫红色。

遥望平和柚海，为有暗香袭来。从容大度，不求香气冲天；持重恒久，只愿花蕾成果实。这便是平和的文化性格吧。

他乡遇故知

途经怀化境内洪江古商城，以前不知有这样一个所在，便匆匆拜访了。丽日当空，白云在天，我们沿着坡道来到高悬"洪江古商城"金字横匾的门楼前，只觉得古风扑面。说古城就是了，为何强调古商城呢？顺着并不宽敞的石板路走进城去，渐渐品味出当年"行商坐贾"的韵味。

这座因通商贸易而形成的古商城，坐落于沅水与巫水汇合处，拥水运之利，得区位之便，自古即为沟通滇黔桂湘蜀五省的物资集散地，明清两季获得"西南大都会"之美称，很是发达。

平时多见国内古迹，有修旧如旧者难免尽除浮躁之气，有的像拍摄电视剧的假景。洪江古商城则不然，依旧完整保留明清建筑的原貌与格局，有商号、钱庄、青楼、烟馆、酒家、作坊、客栈、寺院、报馆、戏院、学堂等古代建筑近四百座，蔚为大观。

走过"高家大院"和"同华昌布庄"，我来到这家经营油料的商行，只见几只饱经风霜的木桶蹲在天井角落里，其辈分不亚于曾祖父。主人介绍这是早年装运桐油的器皿。桐油——顿时唤醒我儿时记忆：雨天的油纸伞、洗衣的大木盆、塑料布问世前的桐油布，还有塘沽排造渔船……它们都是离不开桐油的。尽管洪江古商城不复昔日繁华，它对当下"文化健忘症"具有唤醒作用，堪称"实物版《清明上河图》"。

洪江古商城自然拥有不可替代的旅游景区价值，却没有过度商业化开发，当地从保持历史文化内涵入手，恢复明清古建真实身份，再现昔日古商城独特景观，足可称为中国内陆资本主义萌芽时期的"活化石"。

　　无论走进钱庄票号酒家客栈，还是走进报馆学堂民宅寺院，你都会感觉数百年间的商埠生活从未间断。走进镖局大院，恰逢"客户"与"镖头"洽谈镖银事宜；来到税务衙门，可巧官员正在对当事人问案；半路遇到客栈，那"原装店小二"已然迎将出来；即使参观当年青楼和烟馆，也有历史活剧上演：一个富家公子狎妓落魄的悲剧，以及吸食鸦片者面容枯槁处境惨然……这幕幕活剧告诫今人，珍惜生命，端正三观……

　　时值正午，从巷道里飘出阵阵饭菜香气，原来这座古商城仍然生活着"原住民"，使得处处充满人间烟火，令人顿生亲近感。是啊，这座保留完好的古商城如果缺了日常生活气息，我们等同流连于整洁清静的博物馆里，只见到照片与展品。我们在鲜花与塑料花之间选择，当然心仪前者。

　　于是心生感慨。洪江古商城之所以完好如初，或许因为坐落邻近湘西雪峰山边远地区，"养在深闺人未识"。倘若成为地处通衢举世皆知的热门景区，恐怕就会面临过度开发的商业化挑战吧？

　　出于对古商城原汁原味的珍爱，不免暗生几分担忧——洪江古商城千万不要成为某某旅游景区那样，失掉骨子里的历史文化含量。关心这座距自己生活尚远的明清古建筑群落，也算是我的心情吧。

　　沿着石板路下坡而行，宽巷左侧有"天钧戏院"引人驻足。我详细阅读天钧戏院的文字介绍，颇为惊喜。

　　"天钧戏院为天津人所建，此处除演出戏曲外还上演话剧和放映无声电影。当时在洪江的京戏班有闻名黔东南享誉三湘的美猴王陈俊伦、刀马旦云丽霞、郭少亭等名角，演出经久不衰。抗战时期著名话剧演员殷秀岑也曾来此献艺。"

　　我是土生土长的天津人。此时身在洪江古商城，"他乡遇故知"之感油然而生。此前不知陈俊伦、云丽霞、郭少亭等名伶大名，却知道与民国喜剧演员"瘦猴儿"韩兰根搭档的"头号胖子"殷秀岑，两人胖瘦搭配曾经合拍电影《难兄难弟》。

　　依据上演话剧和无声电影判断，我以为天钧戏院应当始建于清末民初，也就是说百年前这里依然繁荣昌盛。果然，洪江古商城衰退于抗战胜利之后。

我急于了解天钧戏院始建者姓甚名谁，询问戏院工作人员，皆遇拨浪鼓。看来是无从考证了。这是此行留下的小小遗憾。

沅江奔流，不舍昼夜。我离开"他乡遇故知"的洪江古商城，却牢牢记住这方水土。

转往张家界，前往玻璃栈道途中，天门山飘下细雨，满目青山瞬间披起薄纱，仿佛羞涩起来。山风穿谷而过，眨眼之间似有无形之手撩拨薄纱，一座座湿漉漉的青山稍露真颜，分明被梳洗打扮过了，倘若以"苍翠欲滴"形容，似乎仍显笨拙，这便是张家界天门山，令你词穷或言不达意。

人们赶往玻璃栈道，脚步匆匆好像那里是免费检验"恐高症"的机构。前几年走过玻璃栈道了，我故意放缓脚步把机会让给别人。俗话说"他乡遇故知"，此时我哪里知道前方有"新知"等候。

早在八年前采访树木学家张华海，得知珙桐的故事。珙桐是我国独有的珍稀树种，它开花宛如鸽头，包片形似白鸽翅膀。树花盛开季节，巨大树冠好似栖落的雪白鸽群，因此俗称鸽子树。白鸽是和平鸽，更是吉祥物了。

十九世纪初珙桐树籽由外国传教士从中国带回欧洲，栽种成功。"白鸽"飞走了，珙桐在神州大地反而难觅踪迹。

新中国成立之初，周恩来总理参加日内瓦会议见到"白鸽"，回国即指示，一定要找到我们自己的珙桐。

据说珙桐已然灭绝。多少人投身寻找"白鸽"的事业而了无收获。然而张华海不放弃。他攀山涉水，走遍贵州林区实地调查，仅梵净山就踏勘十五次之多。但是仍然没有珙桐线索。

张华海坚持野外调查，痴心不改。尽管没有任何领导给他下达寻找珙桐的任务，他却牢牢记住周总理遗愿，要让美丽的"鸽子树"重现中华大地。

珙桐成了他的心结。喝山泉吃野果住山洞，多次遭遇山洪与毒虫，亲近大自然远离名利场，长年野外生活，滋养着赤子之心。实践出真知。多年野外经验告诉他：在四川省峨眉山与贵州省梵净山之间的广袤山区应当存在野生珙桐。

这个意念在张华海心里酝酿着，信心不减反增。终于，他迎来黔北地区的野外考察。

这是天赐良机。然而他竟然出现高山反应，只得暗暗咬牙坚持。一连数日，翻过一道道山梁，跨过一道道溪水，几次躲过"五步蛇"袭击。一个风和日丽的清晨，突然间发现大山深处一簇簇白色花束迎风振翅——这正是珍稀树种"鸽子树"。人们冲上前去拥抱梦寐以求的珙桐。

时值一九九九年，新中国成立五十周年大庆。"失踪"百年的野生珙桐终于重现华夏大地，他完成了周恩来总理的遗愿。

当年采访张华海，无数次提到珙桐，令我激动不已。我的遗憾是不曾亲赴黔北山区瞻仰"鸽子树"真容。后来有机会去梵净山却再次错过机缘。

此番冒雨再访天门山，珙桐已然栽种记忆深处。途经景点指示牌，无意间看到"珙桐园"，一时没有反应过来，随即大喜过望。我没有想到多年后竟然在张家界天门山邂逅不曾谋面的"鸽子树"。

珙桐园里分布着一百余株"鸽子树"，有文字如此介绍：珙桐被称为植物"活化石"，是世界上极其珍贵的树种，属落叶乔木，叶子宽大呈卵形，基部为心形，边缘有锯齿，每年四至五月开花，由多数雄花和一朵两性花合成的头状花序，酷似雪白而展翅欲飞的鸽子，故名"鸽子花"。

终于相见不恨晚，实乃吉祥如意。我连忙拍下珙桐的照片，将这绿色美女带回家去。想起"他乡遇故知"这句话，尽管初次相见，我与珙桐神交久矣。

见到"鸽子树"而没有见到"鸽子花"，似有小憾。那就化作期待吧，只待花期到，重返天门山，我将与你相会。

临川才子金溪书

　　王勃"邺水朱华，光照临川之笔"的名句，使天下人知晓临川地方。古时临川乃是当今抚州，自然心生向往。

　　向往之心是因，因因而果。初夏时节有缘入赣拜谒先贤。大太阳拨冗普照大地，正是雨过天晴的抚州。

　　远远望见汤公显祖，蓝天下昂然而立，佩明季官帽，身着白色花岗岩长袍，衣带环腰，身姿伟岸。近前驻足瞻仰，果然隆眉凤目，颔下蓄须，傲骨不露，神情淡然。

　　汤公塑像身后汉白玉影壁，刻有《紫钗记》《牡丹亭》《南柯记》《邯郸记》的"临川四梦"浮雕，赫然而屏立。被誉为"东方莎士比亚"的汤翁，身后有这四部伟大作品传世，其旋律流传百载而不绝于耳，一代文宗矗立于中华民族伟人画廊，足与英伦莎翁比肩而长存世界艺术宝库。

　　我孤陋寡闻，汤翁的"临州四梦"，我只看过白先勇先生的"青春版"《牡丹亭》，在南开大学分校礼堂。当时感觉莘莘学子对昆曲艺术不甚了了，多半仰慕白氏名声而来，不免为汤公抱屈。

　　然而当代学界对"临川四梦"的评价与研究，还是令人欣慰的。我在抚州感受到名人故里对汤翁的推崇与爱戴，可见人文精神如爝之火不熄。

　　参观汤显祖纪念馆，宛若置身历史文化宝山，琳琅满目，美不胜收。举凡参观者，无不获得艺术与美学的滋补。特别对吾辈精神缺钙者，裨益尤甚——汤翁作品蕴含的中国文人风骨，令人自我反思，提振精神。

　　步入《牡丹亭》，随即感受当代日渐稀少的浪漫主义美学精神，这出大戏绝对媲美《罗密欧与朱丽叶》，而且极具东方审美意境。

重温《邯郸记》，不禁哑然失笑，当今大行其道的穿越题材，真是"余生亦晚"，貌似师从西方新潮，不过拾老祖宗牙慧而已。

浏览《南柯记》，幡然领悟汤翁梦境的象征意义，书生淳于棼的形象塑造——终因不是蚁类而被蚁国遣返人间。这深刻的思想明显闪烁着批判现实主义的光芒。

聆听《邯郸记》，这正是尽人熟知的"黄粱梦"的故事。汤显祖是写梦的高手，梦境成为他表达人生感悟的真实世界，从而达到比现实生活更为逼真的艺术真实。

观赏《紫钗记》，尽管戏剧冲突遵循常见的"误会法"，然而生活在封建社会的汤显祖以理想主义精神，讴歌男女主角的忠贞与纯美，不喜权贵不畏权势，追求至情至性的爱情，悄然实现了对程朱理学的反驳。

中国的"临川四梦"，在中国戏曲史具有开山铺路的意义。汤显祖既是实践者也是理论家，他的《宜黄县戏神清源师庙记》从戏曲起源、戏曲发展史观、戏曲声腔、戏曲艺术特征、戏曲艺术功能、演员艺术修养、戏曲表演鉴赏诸多方面论证，成为中国戏曲理论与实践的重要文献。

中国封建礼教社会，视科考文人为仕子，贬称演员为戏子。只有根植民间社会的汤显祖，能够将仕子与戏子融为一身，"既撰写剧本，又躬耕排场，执导执教，甚至为戏班安排上演剧目和演出事务，与艺人保持密切联系……"他是戏曲作家也是戏曲活动家。

丰富的舞台实践、广泛的社会活动、深入的生活体验，正是产生伟大作品的必经之路，也奠定了汤显祖在世界戏曲史、文学史的重要地位。联合国教科文组织于二○一○年将他列为世界百位文化名人之一。

汤显祖生于明嘉靖二十九年（一五五○年），经历嘉靖、隆庆、万历三朝，宦海沉浮，四十三岁出任浙江遂昌知县。当时江浙地方戏曲发达，民间演出日盛。汤公为官五载，不恋仕途，文学理想不灭，他借进京至吏部上计之机，遂向朝廷递交辞呈，毅然绝仕，拂袖蹈尘而去，返回故乡临川。

当时戏曲流行四大唱腔：弋阳腔、昆山腔、余姚腔、海盐腔。此前，临川名士谭纶已将海盐腔引进乡里。汤显祖浙江为官多年，他去仕回到故乡，即开始戏曲创作，将当地弋阳腔与浙江海盐腔互相融合，形成"宜黄戏"，渐渐广为传唱。

此行路经宜黄县桃陂镇戈坪村，热情的村民在村前小广场演唱戏曲欢迎我们。这是载歌载舞的表演，唱腔优美舒缓，疑似皮黄韵味。我起身走近音响请教当地老者，果然答曰二黄唱腔。

这令我大开眼界。以前只知道京戏源于汉调与徽调，可谓徽汉合流衍生出京戏。著名的"徽班进京"也有二百余年。宜黄戏以二黄唱腔为主，兼有西皮。如此说来，京戏与汤显祖创立的宜黄戏，应当存有源渊关系。

我在戈坪村聆听宜黄戏，犹如置身历史深处，颇有晚生五百年之感慨。汤显祖于明代创立的宜黄戏，如今依然流行于抚州地方，无疑为早期京戏先河，实乃中国戏曲"活化石"。

只可惜行色匆匆，我便跟随队伍赶路去了，无缘欣赏那位郑女士清唱宜黄戏选段，至今不知是西皮还是二黄。

抚州缘为汤显祖而享誉华夏。一个人与一座城，相因相成，相伴相生，相依相存。这是汤显祖的功德，也是抚州的福祉。

抚州境内各县，历史文化积淀皆为深厚。慕名前往金溪县浒湾古镇，首先被告知这里的"浒"读"xǔ"不读"hǔ"，随即觉得这是个特别的地方。

浒湾古镇果然大有来历。早在明清时期这里便与北京、汉口、四堡并称中国四大雕版印刷中心，全盛时期浒湾有六十余座书店堂号，刻字与印书工匠上千人。古镇现存各类历史建筑多达九百余座，其中当年专事印书售书的古建筑一百二十余座。

三让堂、两仪堂、旧学山房、源盛昌、忠信堂、杏山房……沿古镇街巷行走，想象当年浒湾书铺街的繁华景象：经史子集、戏曲话本、书法碑帖，在这里刻印成版，印刷成册，从抚河码头装船而运销各地。

而今，浒湾入选中国历史文化名镇，建立中国雕版印刷文化研究保护基地，设立中国印刷博物馆浒湾书铺街分馆。被誉为"江南之书乡，朝廷之漕仓，赣东之商埠"。有道是，"临川才子金溪书"，果然如此。浒湾的雕版印刷，使得临川才子们的雄文华章生出双脚，走遍华夏大地了。

宜黄戏至今广为传唱，浒湾书铺街古风浩荡……这只是我行走文化名城的点滴见闻。抚州历史悠久文化积淀深厚，我的管窥蠡测权作拉开大幕底角，有待临川古地的盛大展示……

纳百溪而归海

竹缘

南国多竹，山峦遍布，那青竹成连成团成营成师，最终成军。一座座小山包被青竹挤得满满，隐去原本山峦模样，却变成一只只硕大无朋的绿色绣球，远望可见几分憨态，憨态里透着苍翠，稳重而生机勃勃。

泸州纳溪是酒城。于是纳溪的青竹似乎被性情豪爽的纳溪人宠坏了，任它们漫山遍野生长，生长得势不可当，生长得肆无忌惮，生生将竹林变成竹海。因林而成海，这便不是寻常景观了。

这是纳溪的大旺竹海。一派绿茵世界。大都市也有绿，然而往往与油漆染料有关。纳溪则不同，大旺竹海的绿色是从山地生长出来的，货真价实。世居这块古老土地的人们，深知绿色的价值。

绿色代表生态环保，绿色代表低碳生活，绿色代表清新的空气，绿色已然成为人类健康生存的关键词。当然，绿色同样滋润着纳溪人的心田。

行走大旺竹海，幻想置身竹海深处的情形，不由产生游动感，不消片刻，你被绿色赋予健康的体魄，被绿色净化清洁的心灵，被绿色唤醒青春的诗意，被绿色陶醉于竹海而流连忘返……

满山青竹，成为纳溪山水地理的灵魂，也塑造了纳溪的人文品格。

竹子空心——这暗合中华民族传承不息的"虚心"品德，虚心做事，虚心为人，虚心学习进步。绝不妄自尊大。

竹子有节——这象征中华传统道德的"气节"理念，为人处世，重节重信，推崇高风亮节的人生境界。面对大是大非的考验，绝不失节操。

竹子挺拔，耐寒长青，即便冰雪降临，仍旧"昂然而立"，挺直身躯，以刚柔并济原则立足天地间，绝不卑躬屈膝。

竹子清秀俊逸，颇有"君子"风范。破土而出，纵身向上，积极成长，心系蓝天，绝不独恋幼笋时代而抱残守缺。

大旺竹海的一株株青竹，给予我独特感受与心灵启发，那苍翠的青竹绿色，装点着我客居纳溪的甜美梦乡……

"装点此关山，今朝更好看"。关于满山青竹，纳溪人并没有止步于自然风光里，而是赋予它们新的生态。

走进竹韵公司展厅，一株株楠竹已然从翠绿呈现金黄，摇身变身为满堂精美的家具。立柜、沙发、睡床、字台、茶几、摇椅，中国北方通常称家具为木器，家具店也称木器行。浏览竹韵公司的竹制家具，彻底打破我的思维定式，使我认识到竹器的审美价值与实用功能。竹韵公司对山竹资源的开发利用，使得满山青竹有了更为丰富的商品属性，令我想起苏东坡的"不可居无竹"的名言。竹韵公司的创意让竹器大踏步走进我们家庭日常生活，真可谓与竹为伴了。

展厅里还有各式各样的竹制品，譬如捕鱼器皿"筌"，便巧妙地制成竹制灯具。大旺林海的青竹，就这样登堂入室了。

纳溪的鲜竹酿酒，更是独出心裁，着实令抱有"以粮酿酒"固有观念的北人眼界大开，填补了知识的空白。

鲜竹酿酒就是将多种鲜竹为原料，粉碎成颗粒与适量纯粮混合酿造而成。尔后将竹酒注入活竹的竹腔用橡木塞封闭，使其吸纳竹子蕴含的黄酮、氨基酸等微量元素，经久存放，因此名曰"活之酿"生态健康酒。

纳溪青竹，百变其身，这是大自然的赠予，也是当代人的创新。

纳溪地方缘由蜀汉时期"蛮夷纳供出此溪"而得名。汇集百溪而归海。我从渤海之滨来，却在这里见到浩瀚深远的竹海。盛满蔚蓝的大海与充满苍绿的竹海，似有内在神韵的相似。

我以为，身处内地的纳溪人拥有宽广胸怀，正因为他们拥有望之蔚然的竹海。

这就是竹海的魅力。这就是竹海的神奇。有谁置疑此说，请君亲赴纳溪验证焉。

山翁诗社

说是参加诗社揭牌仪式，这并未引起我的惊奇。当今中国诗歌界颇为火热，各地诗社如雨后春笋，助长着文学的活力。

行车小雨天气里，一路想起儿时记住的那首诗："雨不大，细如麻，东飘西洒，刚说停了，又说还下，雨雾蒙蒙，一幅水墨画。"

到了纳溪的白节镇，水墨画推成近景。时行时止的细雨里，人们临街而聚，有撑开的花伞，有透明的雨披，还有一张张与诗结缘的面孔。我置身其间，感觉诗也被淋湿了，空气里透出无言的清爽。这可能就是诗神降临前的宁静吧。

诗社是间店面，近临公路，面积不过二十多平方米。三位山民模样的老汉抄手而立，满脸热情明显被拘谨所束缚，并不娴熟地招待着我们。是啊，如今乡村年轻人进城打工，日常工作只好由老者劳务了。

白节镇的女镇长赶来介绍，这三位老汉竟是诗社的主要诗人。我颇感意外，抬头观看门前高悬的红绸横幅："山翁诗社揭牌仪式"。

山翁者，山间老汉也。我打量面前三位农民诗人，饱经风霜的面容，略显灰白的头发，大太阳晒出的肤色，不高的身量，单薄的体态，年近六旬的外貌，三人均不擅言辞，如昫昫乡间老夫子。

平素见惯各类城市诗人，举止谈吐还是有职业特征的。我暗思忖，此时倘若田垄间邂逅这三位山翁，我断然不会识以诗人的。山翁诗人的形象，颠覆了我城市人的思维定式，于是受到深深触动，仔细阅读山翁诗社墙壁上的诗人简介。

张文全：农民，泸州市纳溪区白节镇福华村人，四川省诗词学会会员，已创作诗词作品两百余篇。

龙中枢：农民，泸州市纳溪区白节镇高峰村人，四川省诗词学会会员，已创作诗词作品一百余篇。

王尚贤：农民，泸州市纳溪区白节镇福华村人，泸州市诗词学会会员，已创作诗词作品一百余篇。

我从作者简介看出，他们是地地道道的农民，文学创作成果颇丰，绝非一曝十寒的短期行为。这令我想起那个极其家常的词语：日子。

他们寻常日子里，种田，砍柴，挑粪，打猪草……就像所有中国农民一样，无论冷暖阴晴，为衣食而躬身劳作。

然而，伴随他们辛勤劳作的还有诗神。我揣测，日常生活中他们的诗神无时不在。尽管他们双脚沾满泥巴，行走在乡间小路上，却如同走向文学圣殿。

我临壁拜读他们的诗歌作品，这是我看到的真正的农民诗作。

《云溪竹海》，作者：张文全。
名山翠竹染轻烟，泉出东村挂秀帘。险道危岩惊绝壁，奇峰断谷悸深渊。
香茶别院青藤下，美酒农家绿水边。心旷神怡凝幻境，云溪世外赏新天。

《秀美高峰村》作者：龙中枢。
蜀南胜地高峰村，异景奇观天下闻。古镇繁荣创新意，仙乡独秀醉游人。
竹材竹笋家家富，酒业酒坊处处名。万众齐圆中国梦，沧桑巨变看飞腾。

《大旺竹海》（中吕·普天乐）作者：王尚贤。
云溪平，白节秀，大旺竹海，美不胜收。
酷热天凉风透，白云山上观宇宙……

三位山翁诗人的作品无不以真情实感讴歌家乡景象，表达着作者身居乡间关注天下的思想情感。张文全说："我非常喜欢中国古典诗词，内涵丰富，品味高雅，形式优美。我们这些志同道合的农民兄弟用诗词描绘祖国大好河山，记录家乡美景和幸福生活……"

这时我看到墙壁挂有"山翁诗社管理制度"，有"办社原则"、"社员权利"、"社员义务"，很是正规。看来活跃在村落乡间的农民诗词作者，已然成为白节镇文学创作群体，这三位山翁只是他们的代表而已。山翁诗社根植如此深厚的文化土壤，必然如同满山青竹，繁茂生长，生生不息。

山翁诗社的揭牌仪式，简洁而不失隆重。来自各方的代表们，仿佛运动会入场，我看到"镇政府"、"区文联"、"村委会"举牌列队，站在蒙蒙细雨里，表情庄重。这时候，我分明看到文化与文学的力量，在乡间悄然滋长着，不哗不躁，不追名不逐利，显示出安贫乐道的纯净品质。

我曾经多次追问自己，你为什么写作。此时置身山翁诗社的细雨里，我似乎有了答案：因为，花要开放。

是的，花要开放。请看三位山翁联合印行的诗集《山农诗苑》。这宛若盛开的花朵，散发着朴素的芬芳。令人难以忘怀。

这里是泸州市纳溪区白节镇高峰村，这里有农民诗社，这里有以山翁自况的诗人。他们的诗歌，就是他们的身份：中国农民。

是的，这是响亮的字眼：中国农民——中国农民诗人。

近看"大同蓝"

初次听说"大同蓝"这个词语，难免惊诧。昔日"中国煤都"的印象，几乎成了与蓝天无缘的思维定式。一行走访，下煤矿，进工厂，到农村，游古城，访新区，所见蓝天白云朵朵，所遇青山绿草茵茵，清风拂面，空气爽心，果然换了人间。

似乎大同人已然觅得神奇的造物调色板，鬼斧神工将天空抹得蔚蓝，把青山染得苍翠，进而在辞书里编纂个"大同蓝"词条，以供我们阅读。

有言道：天地人。其实蓝天只是现象而已。从现象追寻动因，"大同蓝"的答案应当在大同人脚下。大同人脚下是古老而富蕴煤层的大地，乌金得天独厚。

亘古至今的不懈采煤，使得北国煤都名声远播，四海皆知。中国大同奉献的煤炭，给人类世界带来动力与温暖。

然而，大地深处采煤的钎镐无意间化作给天空涂抹暗色的画笔。尘雾蒸蒸，烟气缭绕，混沌着城市天际线，减去了日月辉煌。

这正是大地与天空的关联。以此反证，今日的"大同蓝"便有了真实来历——蓝天源于大地。这"大地"无疑是城市经济转型的坚实基础。

如今的大同以关停高耗低能厂矿、治理环境污染企业为前提，从而完成能源型城市的经济转型，实现绿色循环经济。

请看塔山煤矿调度指挥中心大屏幕：从作业面采煤到主扇风机监测，从胶带运输机到原煤装车出矿……全景实时监控，细节尽收眼底。高科技时代的安全生产文明作业，已经走进世界前列。昔日的"煤黑子"不复存在。

拥有千万吨级矿井集群的大唐同煤集团，摆脱单纯煤炭生产格局，以"依托煤、发展煤、延伸煤、超越煤"为发展布局，以"高科技、高效益、高品位"的循环经济模式，实现电力、煤化工、机械制造、金融资本、物流贸易等八大产业多元化发展，在创新驱动和转型升级的背景下，只要原煤出井便被"吃干榨尽"，从粗放原料转为多种精细产品，只剩余煤矸石堆积成山，也被绿化为花果山。

蓝天源于大地——就这样，绿色循环经济在矿井奏响序曲，这序曲升腾而起，唱响蓝天白云。

花果山无疑是景致。然而常年采煤形成的"采空沉陷区"却是难题，这种地貌既不能种植也不能建筑，沦为荒凉废弃的"地表斑秃"，直接影响生态环境。有难题必有对策。大同人充分利用沉陷地带建起十万千瓦光伏示范基地，也就是开展通常所说的"太阳能发电"。

行走在昔日采煤沉陷区，山冈处处架起光伏板件，好似给大地披上铠甲。这片片铠甲上部光伏发电，下面农业种植，一地多用，清洁能源，环境增益，农民增收。我们仰望蓝天白云，脚踏变废为宝的绿地，再次体会蓝天源于大地的基本道理。

大同市新荣区，这里富含优质石墨矿产，以新成新材料有限公司为龙头的七家企业，形成碳素产业集群，生产超大规格石墨电极、太阳能储热石墨基板，尤其细颗粒特种石墨产品远销欧美二十多个国家，已在新三板上市。

令人惊喜的是新成公司自主研发的"高铁列车受电弓碳滑板"，已经通过国家鉴定验收即将投入使用，我国高铁从此不再依赖同类国外进口产品，彻底实现耗材原件的国产化。

它们立足家园大地，走产业转型科技进步道路，既增加经济效益，也促进当地环境保护建设。

蓝天源于大地——就这样，从单纯矿业开采走向创办高科技企业，从原料粗放作业走向成品精细加工，从量变到质变，印证着"大同蓝"的累积效应。

以"雁门清高"命名的苦荞养生系列产品，正是传统农业转型的产物。

苦荞生长的地域，土壤贫瘠，温度偏低，位于高寒与温润的临界地带，绝大多数作物难以生长，这恰恰体现了苦荞坚韧顽强的生物性格。

物随其人。苦荞的营养价值颇具开发优势。研究人员立足本土，开展特色农业种植。寻常苦荞便从普通杂粮变成宝贝。苦荞膳食、苦荞健茶、苦荞家纺……"雁门清高"系列保健产品成为当地经济转型的典型范例。

蓝天源于大地——从小门小户的庄稼种植到特色农产品深度开发，经济转型，产业革命，减负增效，净化环境，社会主义新农村建设也为"大同蓝"提供了坚实的基础。

从塔山煤矿的传统产业转型到左云县光伏示范基地，从新荣区的高铁列车受电弓碳滑板国产化到"雁门清高"苦荞系列养生保健品开发，这点点滴滴无不构成大同新天新地的"要件"，充分印证"大同的蓝天来源于大同的大地，大同的大地是城市产业转型的成果"这个基本逻辑。

今日大同仍然是煤都，却有了脱胎换骨的容貌，让你感受到陌生的欣喜。大同市民深知，城市转型最终还是人的转变。

大同的城市规划建设总体方案，同样为"大同蓝"的出现构建了愿景。一条御河划分老城区与新城区，既保护了老城区古老历史文化景观，也为新城区发展提供了广阔空间。当初为了科学规划合理布局，这座城市的管理者几经周折从国外寻来早期大同城市规划蓝图，用以参考研判。这种古为今用洋为中用的做法，既需要文化胸怀也需要科学勇气，更需要现实使命与社会担当。

一座城市科学合理的总体发展规划，首先包含清洁的空气和甘甜的水，还有阳光大道上市民们舒心的笑容。

有言道：天地人。"大同蓝"的出现，无疑源于坚实的大地。谁都知道大地上写着一撇一捺的"人"字。在那些尚未实现蓝天白云的城市，只要我们脚踏实地撸起袖子加油干，就会蓝天不远，白云在望。

第二辑

自我盘点

人子课程

　　我抵达这个世界的第一个任务是来做儿子的——当我呱呱坠地时便已注定。没有人告诉我当时大家是否吃了喜面，但我敢断定我的到达没有引起他们更多的反感。

　　只是这个人间又多了一个男婴罢了。

　　我就开始做儿子了，自觉不自觉便到了如今，很匆忙的。父母没有留给我任何"遗产"，因为他们还都分别活着，不很健康。

　　很久以来，见过我父母的人，有的说我长得很像父亲，有的说我长得很像母亲，看法很不统一。我想：一定是因为父亲与母亲牛得就有些相近吧，才有了这两种殊途同归的说法。

　　我想我是更像父亲的，我是他的复制。

　　对于父亲，很长一段时间里我印象不深。据说四岁时我随母亲去车站送过他。他走得很远，到大西北边疆去工作了。

　　然而我对母亲也没有更多的印象，这很令我感到遗憾，似乎缺少了许许多多东西。

　　我在没有父亲在场的情况下继续做儿子。几乎没有男性可供我临摹，我居然一天天成长起来，如今也做了父亲——有了自己的儿子。

　　我做起父亲来常显得力不从心。

　　这一定是有原因的，我说不清楚。

　　记忆中有了父亲，是一九六〇的隆冬。一个头戴大皮帽身穿皮大衣的人推开了我家的门，他提着肩着许多东西，呼呼喘着粗气。

我问："同志，您找谁呀？"

这个人就冲我笑。他很高很瘦，就像今天的我一样，更合秩序地说，今天的我就像当年的他一样。

外祖母在一旁大声说："他是你爸爸呀！"

我至今没有忘记这句话。这的确是个开始。

于是有了父亲的起初印象，当时我正读小学一年级。别人都有父亲，我也有了。

我因此而激动。

生来首次看到那么多饼干，是在父亲从新疆带回来的那只小皮箱里。在我眼中那只装得满满的小皮箱简直大得胜过一家糕点店。我一头扎进去，吃了许久才恢复常态。父亲笑了，他当然没有告诉我他在新疆过的是一种什么样的生活。我松了松裤带，只知道在"节粮度荒"年月里我是个最为幸福的儿子。

几天我就吃空了那只小皮箱，像一只耗子。

父亲返回新疆时没有带走那只空空荡荡的小皮箱，他说，明年我还回呢。于是我又成了他遥远的儿子，他又成了我遥远的父亲。

我继续混沌地做儿子，时常想起那一箱不复存在的饼干。班上有几个同学患了浮肿病，我没患。我想这与那一皮箱饼干有关。

而父亲却是两手空空返回新疆的，没带一块干粮，也没带一两粮票。那路，多遥远。

有时我回想那不是一皮箱饼干，绝不是。而是父与子之间的一种特殊的物质。

后来我在母亲授意下给父亲写过一封信。内容我已忘了，大约是告诉他我期末成绩优秀，希望他多多寄些钱回来。

这是我识字以来所写的第一封信，也是至今写给父亲的唯一的信。他读信时的复杂感受，如今我已能够大体揣摸出来了。

因为我也做了父亲——身兼两职了。

至今我也不明白母亲为什么让我给父亲写信。她可能是有意训练我的文字表达能力吧。

我依然遥远地做着父亲的儿子，很难进入角色。那时我学会了看地图。地理课的成绩全年级我一枝独秀，有一次居然问倒了老师。

老师不知道我的地理情结，面有愠色。

父亲的再次出现是很突然的。当时我已经忘记他的存在。他在我放学的路上候着我，像个伏击者。塞给我一把糖果，他笑着说，我从新疆回来了，我再也不走啦。

我知道已经属于父亲了，心中十分害怕。这害怕源自一种深深的陌生感。

我给一个陌生的父亲做了这么多年陌生的儿子，陌生得近乎无有。该实打实做儿子了，前景难卜，我在路上偷偷哭了。

我希望自己快快长大。大街上见到成年男子，便从心底羡慕，只恨自己长得太慢。

难道是我不愿意做一个儿子？至今也说不清那是一种什么样的想法。

做儿子是人生法定的事情。

我与父亲在一起生活了不长的一段时间，他就另有了自己的家庭。那一段时间是短暂的，就好像我与他从未一起生活似的。

我就产生了一个愿望，希望他再生个儿子将我替换下来，就如足球场上的换人。

终于没有替补队员将我换下场来，我只能继续下去，在父亲不在场的情况下当儿子。

父亲偶尔来看望我和祖母。我仍然觉得他是我遥远的父亲，我是他遥远的儿子。

有时我为自己感到庆幸。

什么是儿子呢？

我长成了，进入社会谋生。先后挪动了几个机关，当小公务员。渐渐，我体味到了人的痛苦，心底很是迷乱。这时我与父亲见面的机会更少了。只是偶尔才想起他来。

其实我根本没有理解"儿子"一词该有多么沉重。它不只说明着一种血缘，一种秩序，还标志着一种角色和角色感。每当我做思想深刻状时，才会切肤感到：做了这么多年儿子，却不是给自己的父亲。我可能永远丧失了，不可追补。就像我不可能退回幼儿园去表现童贞一样。因此我又怀疑自己长得太快，年纪轻轻就成了一个如此成熟的儿子。

我可能永远丧失了。与父亲共同生活的那一段时光，已成为一个常数和恒量，像π值一样不可变更。随着年龄的增长时光的推移，与他共同生活的那一段时光就愈发显得短暂。

有时我想，我还不如是个彻头彻尾的孤儿，便用不着在两难处境中而不得要领了。

"儿子"是这个世界上一个最为复杂的字眼儿。我身为人子却又从未去深深地体验它。

这是一种轻松，也是一种沉重。

你一生都没有实实在在做上他一场儿子，该是多么可悲。

为了生存，你早早就将"儿子"这个字眼儿大而化之成为一种谋生意义上的心理身份，又是多么可叹呀。

我以为我一生都不可能拥有那种真正父子的体验了。我是一个多么可怜的儿子呀。

今年，父亲生病了，挺重的。我却忙着在家中给自己的儿子做父亲——全日制，挺忙的。

父亲见了我，说胃疼。其实他已病了多年，很是潦倒的。我说该去医院查一查了。

他没说话，而是将我介绍给他身边的人们。

"这就是我的大儿子。"

其实他只有我这么一个儿子，孤本。

我为父亲预约了医院，他拗不过，就随去了。我们一前一后走着。那一天阳光灿烂。

我在前，他随后。这时我蓦然觉出自己很是有些威武的，比父亲强大了许多。

当时我没有意识到这是上帝赐给我的一次补课的机会。

父亲不多言不多语，随着我的安排一项项查体，有时看我一眼又迅速挪开目光。

不知为什么我激动起来。这么多年了，我们第一次共同做着一件他乐于做我也乐于做的事情。这么多年了，我们从未这么长久地相处着，合作得那么好那么成功。

我居然十分感谢医院这个白色世界。

父亲住院了，他的那个家庭似乎忘记了他，无人光顾。我每餐都去病房给他送饭，为了他那多灾多难的胃口。往往返返，我每天要骑行三个小时的路程，这些年我从未这样奔波，很累的。病友们见每天都是我反反复复出现在病房中，从未见换人，就常用目光询着。

父亲就说："这是我的大儿子。"之后就有些自得地笑一笑。

有一次我走出病房就哭了，为了自己。

我懂了，我终于获得了这个机会，走出儿子的阴影而成为一个真正的儿子——自主地做着自己想做的事情并从中体味到什么是爱。我不是为了什么社会称谓做着儿子而是为了自己做着儿子。这不是一种称谓而是一种实在。

我终于获救。我因此而激动。

他很瘦我也很瘦，我庆幸上帝如此公平。

他说："大手术，要花很多钱吧。"

我说："我有稿费。"在此之前他从未读过我写的小说，可能也不知道我是个作家了。

手术后他有次要下床，我为他穿鞋，他躲闪着说自己穿。这时我才想道：我在父亲不在场的情况下做了这么多年儿子，他也是在儿子不在场的情况下做了这么多年父亲呀。

于是我也懂了什么叫人子的课程。

任何外部势力都无法强迫我做他们的儿子。

因为我有自己的父亲。

我居然在病床前体验到一种苦涩的幸福。

我是个大器晚成的儿子。不是吗？

老式电车

于是我经常想起那种老式电车。

我说的是那种在我们这座城市已经绝迹多年的老式电车。

只有在这种老式电车面前，我才是个真正的孩子。看如今这世界，真正的孩子似乎不多了。我们都拥挤在那叮当行走的老式电车里，一下子就驶入不惑之年而变得不惑了。

想念老式电车的心情，显得有些古典。童年的记忆里，处处与电车有关。在我眼里，电车就是一座座高大宽敞隆隆行走的木头房子。四道铁轨，锃光泛亮地躺在路中央，任那电车轮子轧过来碾过去。电车四通八达，成了都市的一大景观。白牌电车，红牌电车，蓝牌电车，花牌电车……如今繁华的滨江道，当年行驶的乃是绿牌电车。去年的一个夜晚，我看罢京剧独自回家，走的正是这条"绿牌电车道"。白日的人间喧嚣被月光淘洗得干干净净。我一瞬之间又变成那个乘坐电车到达终点的小男孩儿了。

我又看见远处那座法国大教堂。

这里还有一座桥。桥下是那条墙子河。

电车是不过桥的。桥太小。桥前不远处就是电车的终点站——铁轨尽头立着四根铁桩子。

每次都是祖母牵着我的手，挺着身子从电车上走下来。老式电车的台阶，对一个小老太太来说，显示了高大。我总是恋恋不舍地看着那辆电车倒行而去——又满载乘客叮叮当当驶走了。

这时候往往是我一个人立在桥前。

祖母过桥去了，急匆匆去办她的事情。她不让我过桥我就不敢过桥。我是个胆小的孩子。

我知道祖母过桥去干什么。我肯定知道。那时候我四五岁吧，几年之后，我成了一名小学生。我第一次只身走过教堂桥，去看祖母常去的那个地方。

那地方已经改业，变成了租赁小人儿书的书铺。门上窗上，挂满了小人儿书的封面，招徕着。我去那里借了一本《母亲》。我之所以借看这本小人儿书，是因为我很少见到自己的母亲。于是就在小人儿书里去看别人的母亲。后来，我才懂得母爱意味着什么。

站在这间小人儿书铺门外，我心里明白了。奶奶，怪不得这两年您不领我来了呢。原来当铺没了。

每次我随祖母乘电车到这里，都是来典当的。那时候我不懂进当铺是件脸上无光的事情。懂得脸上有光，我却已经不是孩子了。祖母怀揣典当之物，迈着一双小脚走过教堂桥的身影，那场景就像是在昨天。

其实新中国成立之后就已经取消了当铺。祖母常去的地方名为"小件物品有偿抵押所"，在新中国成立之初，还是有很多穷人的。后来"小件物品有偿抵押所"也被取消了。这对祖母这位常客来说，一定是个沉重的打击。然而我能够记住的只是祖母典当之后从桥那边向我走来时，一派士气旺盛的样子。

我从未见到祖母脸上有过什么愁云。

我也从未听到祖母口中有过什么悲叹。

祖母是个独立性极强的人，永远理直气壮。

应当说祖母是个穷人。祖父死得太早了，不曾存在似的。祖母一个人生活，住在贫民区的一间平房里。那时候我被寄养在外祖母的家中。隔上一段时光，祖母就跑来看我，而每次又都不忍离去，就索性将我接走，去住上几天。

这来来往往，乘的就是那种老式电车。

祖母对外祖母，似怀有一种莫名的敌意。出了外祖母家大门，祖母就十分为我高兴。仿佛我脱离了虎口似的。我知道祖母的看法不对。

我说："奶奶，我姥姥对我挺好的。"

祖母脸色一沉："你给我闭嘴！"

她使劲扯着我的手，登上了电车。

电车上，祖母便开始不停地说话，一直说到到站下车。祖母永远旁若无人。她在电车上的说话，句句都是对我的提问。有时我贪看车窗之外的景致而几句不答，她就急了。

于是一路之上，我都在忙着回答她的问题。在那叮叮当当而又摇摇晃晃的老式电车里，她的那双细长的眼睛异常专注地看着我。祖母的这种目光，我如今极尽文字之能事，也无法将其描述。我只能说这种目光对我的照耀，今生今世也不会再有了。我懂得了唯一。

我依然记得祖母在电车上的那些提问。

这一程子你吃得饱吗？你姥姥一准饿着你！

前天下雨你准出去疯跑了吧？

夜里你还是光着屁股出去撒尿？你姥姥怎么就这么忍心呢？

那些糖块儿你都吃了吧？没叫别的孩子给骗了去？

叮当行走的电车上，我一一回答着这些永无休止又无微不至的问话。祖母听力不强，有时听不清楚她就要我大声再说一遍。

我就再说一遍，仿佛做了一次小结。

电车上的乘客们，纷纷注视着我的祖母。祖母那如处无人之境的气概，我至今叹为观止。是因为耳聋她听不到世界对她的评价，还是她从来就不把世界放在眼里？我不得而知。在我的记忆中，祖母是个刀枪不入的人物。她不念旧，没有给我讲过一个故事。她也不希冀什么未来，更没有丝毫功利目的。在那沿着轨道向前行驶的老式电车上，永远是祖母的现在进行时。到站了，我们就下车去。祖母是一位市井现实主义者。她活的就是一个"现在"。

我每次能否在祖母家住上几日，要取决于祖母的财力。我走进那间面积不大但拾掇得非常干净的屋子里，美好的生活便开始了。

宝贝儿，你想吃什么呀？说呀，奶奶给你买去！你想吃糖炒栗子吧？准的！还想吃什么呀？你想想！你可是说话呀！

这时候的祖母，更像是在逼问我的口供。她不善慈祥，发语爽快而近乎强硬。

之后祖母就环视着这间小小的居室。这种时刻，往往是她在思考问题。

我当然不知道祖母有多么为难啊。

祖母念念叨叨地出去了。有时出去的时间很长，有时一会儿就回来。无论出去的时间长短，她回来总是不会空着手的。回忆起来，大都是那些我喜欢吃的东西。糖炒栗子，糖粘子，糖葫芦，糖梨，蜜枣，瓜条，藕片，杏脯……令我激动。祖母每次都是一样儿买一点儿，花样繁多之中透着精致。这精致之中又透出了祖母的精明。我就忘乎所以地大吃起来。

偶尔抬头，就与祖母目光相遇。我仍然难以描述这目光。祖母的眉心偏左处，生着一颗暗红的痣。在我的血缘长辈之中，祖母是唯一有痣的人。这就注定了我能牢牢记住她而不会忘记。祖母的这颗痣，使她活到了九十二岁。

住在祖母家的日子里，我的主要生活内容是吃。祖母像是一个模范饲养员，我则是一只小动物。我的一些坏习惯，大多是那时给宠的。譬如说睡懒觉。譬如说猛吃零食。譬如说不爱劳动。还有性情急躁什么的。

祖母去世之后，这些坏习惯更加牢固地保留在我身心之中，仿佛她老人家留给我的一份永恒的纪念品似的。四十年来，还没有一个人能像祖母这样，在我身上刻下如此不可磨灭的痕迹。在另一个世界里，她永远洞察着我——她留在人间的这个宠物。

美好的日子，总是戛然而止的。上午起床的时候，祖母对我说："今儿，送你回去吧。"

我就闹哄，说不回去。

我知道闹哄也没有用，祖母言而必行。

这时候祖母必然要拉开被阁上的抽屉，从中拿出那个手绢叠成的小包儿。头天晚上，祖母在里边裹了一毛钱。

她打开手绢，里边竟然变成了五毛钱。

夜里财神爷下凡，给咱们添钱来了。

我就由衷地高兴。这钱来得如此之容易。我怎么知道，这些钱都是祖母舍脸去向邻居借贷来的。为了我，她什么事情都做得出来。

于是这一天便成了最为辉煌的一天。

几乎是有求必应。祖母先是一声接一声问我中午想吃什么饭，然后就着手准备了。这时间里如果有孩子来找我玩儿，必然被祖母驱逐。不知为什么，祖母不允许我的身边有别人存在。

祖母目不转睛地看着我吃完午饭。她的午饭吃的什么，我从未留意。我只依稀记得当我美滋滋地吃着可口的饭菜时，她脸上所流露出的那种陶醉的表情。

我央求他不要送我回去。她凝神，不理会我。她又开始环视这间小小的屋子。然后就是翻箱子开柜，颇为艰难地寻找着那些历史遗存。

祖母年轻的时候，曾经极其短暂地富过一段时光，后来就破败得一塌糊涂。祖母一生似乎也不曾拥有爱情。偶尔谈到祖父，她总是极其冰冷地一带而过。祖母既不恋人也不恋物。

祖母肯定是翻找出一些可供典当的东西。她洗脸梳头，将自己拾掇得体体面面的。我们走出家门。路上遇到熟人打招呼，她就颇为自得地对人家说，领孙子出去遛一遛。

我们在东南城角乘上电车，去往法国教堂，有时车上乘客渐多，有人站到我的身边，祖母就十分尖利地发出吼叫："看你挤着我孙子啦！"

其实人家并没有挤着我，而祖母却十分霸道地认为，她孙子身边不许有人站立。祖母的这种行为，当然遭到公众的白眼。然而她那无所畏惧的旺盛斗志，竟使众多乘客敢怒而不敢言。

至今我依然不曾被母爱所沐浴。但是我却永远不会忘记祖母出于对我的呵护，在老式电车上发出的那种护犊的尖吼。祖母对我的疼爱，已经达到疯狂的程度。于是我对母爱，也拥有了一种间接的体会和感触。

母爱可能是最为伟大的最为崇高的，同时又是最为自私的最为狭促的。母爱可能是理性的，同时又可能是难以理喻的。而祖母对我的那种疼爱，我只能用两个字来比喻：放血。

祖母过桥去典当。她走回来的时候，手里便有了些钱。她领着我沿滨江道一直走到劝业场——钱也就花得差不多了。一路上她不停地问我想吃什么。我的回答稍有迟缓，祖母就急了。她不能容忍她对我的疼爱出现分秒空白。

在劝业场我们上电车，叮叮当当一两站地，在四面钟站下了车。我呆呆看着祖母。这时天已渐渐黑了。身材矮小的她，将那些食物一样儿又一样儿给我包好，让我拿在手里。她高声说："谁敢抢你吃的，你就告诉我，看我下回撕烂他们的嘴。"

其实没有人抢我食品。祖母疼我爱我，便对这个世界持有一种"泛敌情绪"。举凡与我有所接触者，都在心理上被她列为敌人。

黑暗中我听到祖母说："走吧宝儿，一直回家别在半道上玩儿！"这时候祖母已经饿了一天了。

我就向西边外祖母家走去。不知什么原因，祖母每次都在这里与我分手而不将我送到外祖母家，至今我也不得其解。是不是祖母不忍心看到我与别人在一起的情形，那对她将是一个刺激。祖母永远认为，我与别人在一起的生活，是在水深火热之中。

今天我懂了，祖母有权利这样认为。

我走出一个路口，祖母尖声喊叫叮嘱着我，小心脚底下别绊着！那葡萄洗洗再吃！

我走出两个路口了，仍能听到她的喊声。

好宝儿，过几天奶奶再来接你……

我走得很远了。回头看，却看不清祖母的身影了。我知道她老人家还在旁若无人地喊叫着。只有和平路上那南来北往的老式电车，成了祖母身后朦胧可见的背景。

祖母如那老式电车，去矣远矣。

怀念冬季

如今的冬季已经不是那么天寒地冻的了。走在大街上你会看到，一个个爱俏的姑娘衣着单薄体形凸现，仿佛走在飞花的春天里。冬天不冷了，说是什么厄尔尼诺现象产生的温室效应。于是雄性的冬天，雌了。

小时候的冬天很大。儿时心理似乎一年四季只有冬天是最大的。大风、大雪、大雾还有被严寒冻裂的大地。孩子们就显得更渺小了。

夜间，你会被呼啸的北风所惊醒。躺在温暖的被窝里不敢发出声响。清晨起来窗上的玻璃结满冰凌花儿，千姿百态让你看不到外面的世界。你跑出门去，身子猛地一紧，朝地上吐一口唾沫，转身回屋它已经结冰。

这就是冬天。冬天使世界变大变旷变深远。冬天使天地之间愈发有了无穷无尽的内容。

冬天使孩子们情趣大增，堆雪人儿砍雪球儿滑冰排……数不尽的冬日游戏而只有在冬日才有。冬天里的少年不知愁。

想起儿时的冬天就忘不了那白茫茫的雪地。那是一个九岁男孩儿的雪地。

外边下着大雪。这雪已经下了两天了。在儿时的记忆里连续下几天雨的时候很多，连续下几天雪的时候却很少。所以我从小就认为雪比雨要珍贵。雪花胜过雨珠，尽管它们同宗。

外面下着大雪我背起书包要去上学。上学的路，要步行四十分钟，一遇雨雪路就显得更长更远。那时候我肩上戴着三道杠，是个走在人前十分自豪的学生。其实我的内心世界非常自卑。这可能与住家太远有关。路远使人自卑。

我走出家门便被迎面扑来的风雪给镇住了。我觉得冷。我转身跑回家去对祖母说我冷，我想戴一顶帽子。祖母听罢，怔怔地看着我。

我就又说了一遍，我想戴一顶帽子。

祖母就翻箱倒柜去给我找帽子。当时我朦朦胧胧意识到，祖母这样做是徒劳的，因这我根本就没有冬季戴的帽子。

祖母关上箱子，叹了一口气。

戴这顶帽子吧。我突然听到父亲的声音。他从床上爬起来，不知从什么地方拿出一顶剪绒皮帽。当他将这顶帽子递过来的时候，我呆呆望着他。不知为什么我觉得这一切都来得非常突然。父亲以及父亲的皮帽在我眼里也显得有些陌生。

父亲是从新疆回来的。他带了许许多多只有新疆才有的东西。大皮靴、皮大衣、毛毡袜，还有奶酪和一大桶咸羊肉。这些东西使我产生联想——新疆的冬天更大，一望无际全是冬天。

因此我觉得新疆归来的父亲略显陌生。略显陌生的父亲将那顶哈萨克族式的皮帽递给了我。

我将皮帽使劲戴在头上。帽子太大了，给我一种十分强烈的感觉——它使我想到了伞。

我小心翼翼说，这帽子太大了，我不戴。

父亲听了这话立即怒了。那时候我才知道他是个脾气暴躁的男人。他大声说，你戴，你得戴，你就得戴！说着他跳下床来，抬手打我。

我不知道父亲为什么发这么大的脾气。后来我才懂得男人苦闷至极往往爱发脾气。我懵懵懂懂被祖母推出门外。她将那顶又大又厚的皮帽沉沉地扣在我的头上，然后飞快地塞给我一枚硬币，说晚了你坐公共汽车去上学吧。

于是，我戴着那顶沉重的大皮帽，跑进九岁冬季的风雪里。我没有去乘公共汽车。我也不明白我为什么没有去乘公共汽车。或许是因为我戴了一顶又大又笨的皮帽吧。这是大男人的皮帽。

我朝前奔跑着。帽子太大，几次从头上掉下来。我猫腰拾起重新戴到头上，继续朝着学校跑去。雪地里的学校显得比新疆还要遥远。我赶到学校的时候已经迟到。走进教室，我头上的皮帽引起全班哄笑。老师用那种令我一生难以忘怀的目光注视着我。

当时我并不知道，从那以后冬天成了我最为难忘的季节。

课间休息我走出教室便成了同学们袭击的目标。一个个雪球向我头上的皮帽投来，它成为众矢之的。至今我也不明白他们为什么用这种独特方式来表达对这顶来自遥远新疆的皮帽的好奇。就这样，反而坚定了我佩戴这顶皮帽的信心。

我过早地戴上了一顶成年男子的皮帽。

这顶皮帽使我牢牢记住了冬季。这顶皮帽也成为我冬季生活的重要内容。

那时候我住的地方是城市贫民区。这里的人们吃水，是要到大街上一个水龙头前去等。那水龙头被砖头砌成一个堡垒模样。人们吃水要用两只大木筲去挑。入冬，这一双大木筲就挂上了两寸多厚的冰凌，看上去像是两只庞然大物。扁担呢，一人多高，担在肩上吱吱作响。严寒之中的水龙头前面，因挑水者众而滴水成冰，渐渐形成一座冰的山坡。远远望去，水龙头竟然成为一座欧洲风格的城堡。

我不是这里长大的孩子。我不会挑水。即使是这里长大的孩子，似乎也要等到十二三岁的时候才能挑起那两只大木筲而成为袖珍男子汉的。

一天傍晚，祖母小声对父亲说，水缸里没有水啦。

父亲是个孝子。但父亲是个脾气不好的孝子。他躺在床上嗯了一声。那时候他似乎已经对生活丧失了信心。一张床他就足够了。

祖母又小声说了一遍。父亲又嗯了一声。冬日的黄昏里，父亲懒散的声音显得十分微弱。那时候我当然不懂得人为什么会对生活丧失信心。

那时候我只知道冬天很冷，皮帽很大。

我戴着那顶皮帽，悄悄到院子里去。那一对挂满冰凌的大木筲蹲在门楼的角落里，像两个大肚汉。旁边立着一根硬邦邦的扁担，不动声色。

我扶了扶头上的皮帽然后拿起扁担。扁担与男子汉一般高。那时我认为扁担是一种长满牙齿的动物。它咬噬着我的肩膀。

我无法描述我是怎样将那一担水挑到自己家门前的。我一脚门里一脚门外极力使自己站稳。父亲闻声从床上爬起来，吃惊地望着我。我听见祖母小声说，老天爷啊小毛孩子也挑水啦。

父亲没说话。他帮我将水倒进缸里，就又躺到床上去了。我摘下皮帽，任汗水从脸上流下来。父亲两眼望着屋顶说，新疆的冬天那才真冷呢。有一次我胃疼躺在戈壁滩公路边上，一会儿大雪就把我埋了。幸亏一位司机看见了我……

我光着脑袋站在院子里。很久，我依然觉得冬天很大很大，大得令我感到自卑。那顶皮帽使我一下就长大了。在冬天里。

我一直没有机会向父亲询问那顶皮帽的故事。我固执地认为它应当有一个故事。因为皮帽属于冬天。冬天又是很大的。怎么能没有故事呢？如今父亲到另外一个世界去了。

如今的冬天已然不那么冷了，变得温温吞吞的，没了冬天的样子。不冷，能叫冬天吗？寒冷才能称为纯粹。暖冬算是什么呢？只能算是一种经过改良的冬天。

没了纯粹冬天。我怀念儿时的冬季。儿时的冬季真纯粹啊。无论你有没有皮帽。既然父亲去了，那皮帽也死了吧？

如今男人们的脸孔，因缺少严冬的风雪扑打而几乎面若桃花了。这是暖冬的德政。

今年的冬天又会怎么样呢？我期待着，作童心未泯状。等待纯粹的冬天吧。

旱季虚拟

记忆中的那些年月是无雨的——更不会有那些花花绿绿的伞。真的没有伞。你应当就是那个嘴唇干裂的男孩儿。你说你爱做梦。多年之后有人说"女人天生爱做梦",未必。

男孩儿的那些梦啊,像生你养你的旱季一样,永无尽止。你重复着那个梦。你梦见自己行走在那龟裂万里的大地上。那大地也是雄性的。

你肯定梦见自己被风干了。

一个风干而发出脆响的大男孩儿。脸上留着两滴永远晶莹的泪。那泪珠,充满灵气。

你对我说过,除了襁褓之中吮到那几口可怜的乳汁,你不曾再见甘露。你是一个在旱季里长大的孩子。你的日历,全是旱季。

一路你走来,身后无雨。你身后泛起的是巨人般喧嚣的尘埃。你无论走到哪里,都觉得是在追逐着旱季。你这样对我说过。

十八岁那年,你渐渐有了雨的企盼。

那是一种朦朦胧胧的企盼。雨是什么?你根本不懂。这不能怪你。这只能怪那连绵不绝的旱季。旱季里的雨滴,比珍珠更稀贵。

这就注定了你对水的难以皈依的恐惧。

水有源头。水有归处。水流向那蓝色的大海。而你,却像一个来历不明的孩子。你有父亲,但不曾倚身树荫下;你有母亲,却从未沐浴母爱的阳光;你无兄无弟无姊无妹——似乎是一个毫无出处又难以考证的小小典故。

唯一可知的是，你来自遥远的旱季。

你为人们所不解。他们说你不懂得雨。

你手中没有一柄炫耀色彩的伞。伞是什么呢？伞是人们在雨中得以张大的面具。

你被惊呆了。你愈发不懂得什么是雨。你愈发不懂得什么是雨中的伞。

这么好的雨，为什么还要用伞去隔绝呢？

难道在人与雨之间，必须要有一把伞？

你默默无言。你知道这是一次十分重大的发问。

你当然遭到祖祖辈辈出门带伞的人们的嘲笑，从此便注定了你对伞的怀疑。

你甚至觉得伞下飘动着一个个不可告人的故事。你开始读小说了。那时候小说名声很好。

你读小说。你蓦地觉得这是你所遭遇的第一场雨！是雨。虽说过去不曾体验，但你敢说这就是那些带伞的人们所不敢企及的雨。

你在大雨中走着。你被浇得湿透。十八岁了你才被浇得湿透，你懂了什么是旱季。

小说里那些陌生的梅雨季节啊。

你如丧考妣。你感到一种慈悲由心底而生，冲腾如云。你热泪滚滚。那滚滚热泪打湿书页。书中现出一个个湿漉漉的季节。

你的内心深处却依然是干涸的。这时候你才懂得了旱季的不可逾越。你原本属于旱季。这是毫无办法的事情。

多年后你查阅了十八岁那年的气象记录。那一年多雨。那一年你似乎是在雨中被浇透了。

其实那仅仅是一种幻觉。

你的心田，是根本无法洒湿的啊。你对我说，这一切都难以改变了。

多年之后你对我说，上天让你降生在那样一个绵绵无期的旱季里，必然有他的用意。

你开始写小说了。据说你之所以写作，就是为了破译上天的那个用意。

你写了第一篇小说。应当说那是一堆写满文字的纸。你将这一堆写满文字的纸码放在床头。你去了一个名叫哈尔滨的地方出差。而你写的小说却睡在你的床上。半月之后你从哈尔滨回来了，你看到那一堆充满灵魂的稿纸竟少了许多。那个故事显得残缺不全了。

你问祖母。祖母说她用床头的纸点了几次炉火。那炉火很旺，屋子顿时暖洋洋的。

尽管你那部小说里写的全是湿漉漉的季节里所发生的湿漉漉的故事，祖母那颤抖的手还是划着火柴，使那动人的故事燃烧起来，化作动人的灰烬。旱季又被这火光所照亮了。

当时你以为这是一个宿命。于是你写了一首诗。诗中有这样的句子：雨季的末日，天边垂下火光；那是浇人湿透的雨啊，心灵却穿着如絮的衣裳。

你对我说，从此写作就有了禁忌似的。一个自称奶油小生的人嘲笑从旱季走来的你，说你根本不懂什么叫湿润。

奶油小生的本意是说你天生不懂情爱。

从此你不用笔墨去描写湿润。你对我说，干旱是一种生命状态，湿润也是一种生命状态。雨丝是一种人生景观，火光也是一种人生景观。

我清楚地记得，你笑了。你说，上天的用意此时已被你破译，上天的用意是多么神圣啊。神圣得全然透明。

要么你在旱季里去逐雨。要么你在雨季泛滥时去寻找一块旱地。只要是你自己。

上帝是多么公正。

你继续写你的小说。人世间，小说成了你的钟情之物。你懂了，什么叫真爱。

你知道你将难以描写那斟满一泓秋水的明眸。你也知道你将难以形容那湿润中透着花香的呼吸。你更知道你此时该做的事情是什么。

你将从头穿越那——难以比拟的旱季。

旱季已然成了你的一部寓言。你知道，你所写的最棒的小说已被祖母这位百岁老人付之一炬。你此后所写的小说，都是那堆故事灰烬的陪衬而已。你永远无法超越那一堆灰烬了。

那一堆灰烬本身就是一部旱季寓言。它是唯恐这个世界不能容纳，才纵身化作灰烬的。从此，纵你的小说写的都是旱季，也不及那寓言的万分之一啊！

你依然乐此不疲。你忠于你的历史。你不是旱季的叛徒。尽管这个世界满眼都是叛徒。

后来你有了一个儿子。你用你的小说集给儿子做了一个枕头。儿子睡得很香。你给儿子起了一个名字，叫小雨。

梦里梦外

　　清晨醒来对睡眠作一个小结，觉得梦境特别空洞，毫无业绩可言。转念觉得拥有如此太平无事的睡眠，也算是祥和，不禁窃喜。真应了时下一句熟语：没事儿偷着乐。

　　前几天我遇到一个老朋友，就将自己睡眠无梦的情况说给他听。老朋友听罢大惊失色，连连啧啧摇头。我以为自己取得轰动效应。

　　出我意料的是这位老朋友用致悼词口吻说，你完啦你完啦。你穷得连梦都没有了。一个从事写作的男人怎么能没有梦呢？这真是太可怕啦。

　　听他如此说道，我的窃喜心理顿时烟消云散。是啊，写作多年我怎么堕落成为一个无梦之人呢？

　　老朋友见我情绪低落下来，立即安慰我说，其实梦有两种，一种是醒来能够记起的，一种是醒来记不起的，你显然属于后者。

　　无论前者还是后者，梦境也是无比博大的世界啊。甚至远远大于我们的现实世界。我感到失落。

　　只有在这种时候，我才感到梦境的可贵，切肤感到梦想之于人类是多么不可或缺。我甚至认为打从孩童时代起，我们就是靠着梦想长大成人的。

　　于是，我偏激起来，认为一夜大睡而全无梦幻乃是人生的一种麻木状态。白日的麻木状态加上夜间的麻木状态，我真称得上全天候麻木者了。

　　是不是我对现实生活非常满足，才不再有梦？是不是我对未来无所希冀和向往，才不再有梦？是不是我认为梦境只是现实生活的可怜补充，便放弃了这种自我慰藉？我不得而知，开始祈求梦境。

盼望梦境的心情近乎不安的期待。这印证着存在主义哲学"过程具有意义"的名言。我特意查了辞典，知道做梦是"睡眠中大脑里的抑制过程不彻底，在意识中呈现种种幻象"。如此说来我的期待梦境的心情，本身就是一个白日梦。于是，梦的含义终于有了扩展。

一天清晨醒来，我终于记起夜半梦境的基本内容。如果以电影来比喻，此梦是一部黑白片。梦境中我重返大学时代住在学生宿舍里。我睡上铺，下铺是小屠。小屠是个优秀学生。他说明天考高等数学。我慌了，告诉小屠这个学期的高等数学我没听课。小屠宽厚地笑了笑。我只得向他求救，说明天考试从头到尾都要抄他卷子，否则我肯定零分。小屠还是宽厚地笑了笑。

这是个主题明显的梦——我陷入考试前夜的困境中。醒来后我竟然体味到一种快感。这是困境中的快感，也是走出困境后的欣悦。

事情到此并没有结束。在后来短短不到半年时间，这个梦我重复做了三次，而且绝对原版，如同电视台重播一部老电影。

这个梦竟然成了我的保留剧目。这令我感到震惊。我将这个奇怪的现象讲给我的那位老朋友。人的梦境还能重播？他也觉得不可思议。

我揣测这个重复出现的梦境暗示着我的某种焦灼心态。令我不解的是梦境里我从未进入考场，都是考试前夜惴惴不安躺在宿舍里。

我盼望更换梦境——从内容到形式统统更新。一连串的日子过去了。我的梦境还是重播：明天考高等数学，我向睡在下铺的小屠的求救。

然而与以往不同的是，这个梦境长度有所延伸，朝连续剧规模发展——似乎出现了第二集。

第二集里我坐在洒满阳光的窗前，心情颇为安稳。临近中午抬头看了看墙上挂钟，啊地大叫一声。今天上午八点钟考高等数学！这是我要考的最后一门功课。可是此时中午十二点钟，晚了。

醒来，我躺在床上静静品味着这个已经生出了尾巴的梦，试图从第二集里品咂出几分新意。我开始分析剧情：我是在中午时分突然想起早晨八点钟的那场十分重要的高等数学考试的。如此重要的考试竟然被忘却，由考试前夜惴惴不安的大学生变成闲坐窗前的养生者。

我开始考问自己：是不是在梦中故意忘记考试，伪装出悠闲自得的样子独坐窗前，中午十二点钟故意大叫一声。

　　如果我在梦中伪装得如此逼真并且蒙混过关，那么我真是狡猾至极了。无论是梦境还是现实，这都很可怕。

　　这时似乎有声音从旷野传来，声声洪亮字字入耳：你可不要忘记，后边还有补考等着你呢。

　　我哈哈大笑。无论是梦里还是梦外，这一次我笑得明明白白。

当年的母亲

我出生的时候，母亲还是一名教师，后来就不是了。她因"历史问题"而被驱逐出人民教师队伍，下放农场种植药材。我记事儿的时候母亲从农场回城探家，皮肤黝黑而体态健美。我是小孩子，当然不懂得她内心的痛苦，也没有听到有人叫她"侯老师"。因为她已经不是老师了。

我的外祖母告诉我，母亲当年在北京（当时叫北平）贝满女中读高中，她不但学习成绩突出，而且是优秀运动员，她参加了著名的 FRIEND 女子篮球队，名满京华，同时还保持着学校跳高和跳远的纪录。

大约是"节粮度荒"的第二年，母亲患了肾病，全身浮肿，躺在床上不能动弹。那时候我只有六七岁吧，却觉得母亲生病是好事，因为她可以不去农场了——这样我就有了妈妈。那时，我还是不曾听到有人叫她"侯老师"。她已经不是什么老师了。

至今我还记得，隆冬天气里我凌晨五点钟起床，出了家门一路小跑，沿着结冰的墙子河奔向天津总医院。那时虽然没有今日的专家门诊，但为了能够得到名医诊治，必须很早去医院门口排队挂号。冬日的天色，亮得很晚——我这样一个小男孩儿在茫茫夜色里奔跑着，身后拖着一条长长的影子。这是如今独生子女家长们难以想象的。

我的童年的这种奔跑似乎成为命定。至今，我仍然在人生路上奔波着，很难歇脚。

母亲大难不死。她的病情渐渐好转。这可能与她学生时代的运动员体质有关。她在唐山开滦学校读初中就创造了当时的冀东道田径纪录。母亲身体渐渐复原，这令我感到高兴。

一天，家里来了一位阿姨。

这位阿姨，乃是母亲过去的同事。她在屋里与母亲小声谈了一会儿，就走了。我记得那位阿姨走后的第三天，母亲就悄悄出去上班了，早出晚归。

这种情况大约持续了一个多月的光景。母亲不再外出上班，仍然在家养病。外祖母偷偷告诉我，前一段时光母亲偷偷出去上班，是应老同事之邀，给女七中的高中毕业班代课——高考在即，毕业班急需一名优秀教师把关。

哦，母亲原来是优秀教师。

但是，我仍然没有听到有人叫她"侯老师"。

母亲又回农场去了。虽然已经被打入生活底层，她仍旧悄然保持着自己的生活格调。只要回城探家，她必然去天津劝业场的光明影院看一场外国电影，并且带我去和平餐厅吃一顿俄式西餐。西餐的味道我已经忘了，却记住了那一部部外国影:《好兵帅克》《奥赛罗》《巴格达窃贼》……还有一部电影名叫《瞎子领路人》，后来我长大成人读了西方文学史，才知道它就是根据西班牙著名流浪文学《小赖子》改编的。

记得有一天，我与母亲看完电影回家走在新华路上。这里是旧时的日租界。居民成分基本属于小资产阶级。母亲不言不语走着，似乎仍然沉浸在电影的世界里。这时候，迎面走来一个高高大大的女学生。

高高大大的女学生十分响亮地叫了一声:"侯老师!"

母亲满脸茫然，注视着这位女学生。

"我是女七中的学生，你给我们班代过课啊! 侯老师我已经考上大学啦!"

母亲怔了怔，然后无言地笑了。在她脸上这是一种久违的笑容。

这是我第一次听到有人叫她"侯老师"。

多年之后长大成人想起当时的情景，我哭了。

闹钟

父亲一脚站在门槛里一脚站在门槛外，急着要走的样子说，你买烟台产的吧，烟台闹钟厂最早是德国人开的，德国人做的东西，地道。

其实天津也产闹钟，金鸡牌的，厂子坐落在旧日租界的西藏路，我念小学时天天从那里经过。但是我要听父亲的话，因为他是我父亲，尽管他面孔清瘦，身穿蓝色再生布棉大衣，形象几近潦倒。

说完，父亲放下钱就走了，骑着一辆半旧自行车。那时他刚刚跟我的继母复婚，又搬回去住了。他匆匆赶回家，要生炉子做饭，还要去幼儿园接我同父异母的妹妹。他终日奔波劳碌，家里家外不拾闲。

后来邻居告诉我，父亲有些后悔地说过，"我要是不再婚就好了……"

我认为父亲过于自责。一个40岁的男人，不应当单身下去。只是他的再婚过于粗心，没有察觉对方的精神疾患。

我去买闹钟了。16岁的我被分配到工厂做工。那座工厂很远，我清晨四点半钟就要起床上班，没人叫我是不会醒的。祖母耳聋。闹钟便成了更夫。

这么多年过去了，已然忘了哪家商店。只记得我说买闹钟，有着指导员表情的男售货员瞟着柜台里的金鸡牌闹钟问我要哪种。

售货员当时属于国家工作人员，因为商店是国家的，商品也是国家的，售货员便"三位一体"了。

我的目光透过柜台玻璃，有些忐忑地寻找着。

我对售货员说，我要烟台产的闹钟。他可能感到有些怪异，抬起目光打量我——这株体重51公斤、身高1.83米的"豆芽菜"。售货员肯定想不到，两年后这株豆芽菜还要疯狂长到1.88米，而且是净高。

那时男孩子长得太高，内心总是有些自卑。从众心理使你觉得自己跟别人不一样，这样不好。你若跟别人一样，就安全了。

还是跟别人不一样——我竟然提出要买烟台产闹钟。售货员颇为不解地问道，你要北极星牌的？

这时我才知道，烟台产闹钟是北极星牌的。我说是的，是烟台北极星牌的。

售货员从柜台下面拿出一只闹钟。它孤苦伶仃的样子，与金鸡牌闹钟相比，显然是受到歧视。我从小也受歧视，当即喜欢上这只绛紫色双铃闹钟，北极星牌的。

不记得这只闹钟多少钱。大概不超过10元，抱起纸盒里的闹钟，这是我人生16年来最大额度的消费。

售货员突然问我，你是70届的吧买闹钟？我点点头。对方悻悻然道，你们这届命好，我弟弟69届的去了黑龙江兵团。

我们确实命好。那时尚未恢复高中学制。北京的上海的70届初中生没有留城，统统上山下乡了。

我命好吗？据说我落生家里即请来相士，他捏起我小手儿看了看，说了声苦命的孩子，起身就走，颇有几分仙风道骨。父母当然希望听到吉言，便对此不以为然。人家果然灵验，我哺乳期便印证相士谶言。母亲当年勤工俭学，在北平无意间为前政权机构工作三个月，这成为她的历史污点。我尚未满月，两个警察来到家里，当面严正通知我母亲"被管制"，成为新中国异己分子，工资从97元降为19元生活费。当时我正在母亲怀里吃奶。

这只是开始。相士谶言持续印证下去，经年不断，厄运迭起。一直到我买了这只并非主流的北极星牌闹钟。

不知为什么，我喜欢北极星三个字，它显得旷远而不可即。金鸡牌就太及物了，说来说去，不过一只镀了金的鸡而已。

就这样，这只绛紫色闹钟摆上我的床头。我晚间上满弦。它清晨准时振响铃声。这成为一个双方恪守的契约。我是青春肉身，它是金属诚信。

耳聋的祖母看到有了闹钟，也睡得安稳了。

一个呼啸的冬夜，北风阵阵扣窗。我亲人似的将北极星抱在怀里，竟然睡着了。我安睡着。暗夜里有个身穿绛紫色衣裳的亲人，以它的金属之心，时刻关注着我。我沉入梦乡，梦见曾经暗恋的女孩儿，臂佩红卫兵袖标从面前走过，挺着发育成熟的胸脯。当年母亲接到被管制令，当即没了奶水。我未出满月便失去乳汁。我的梦境并非春梦，可能与母乳缺失有关。

于是，机械闹钟的金属声召唤，也包含着几分温情，鼓励我起床，鼓励我顶着冬季冷风，奔向远郊工厂上班。

工厂派性斗争犹存，难以恢复正常生产秩序。一天清早，一辆辆军车满载士兵驶进工厂，宣布实行"军事管制"。我自幼对"管制"二字极其敏感，心里紧张起来。一位解放军团长出任军管小组领导。车间也由身穿绿衣的军代表掌管。感谢亲人解放军实行军事化管理，恢复健全基层党组织，工厂秩序很快步入正轨。

清早七点钟上班，晚间七点钟下班，谓之"七对七"。这是加长版作息制。我清晨五点走出家门，晚间九点钟回到家里。体验着"顶着星星走顶着星星归"的疲惫生活。全厂取消每周公休日，大干 100 天。即使父母去世也只准半日假。工厂当局认为将亲人尸体送到火化厂，半天时间足够了。

青春期严重缺乏睡眠。每天清晨闹钟响起，我便痛不欲生，希望这是死刑的枪声，一弹将我击入万劫不复的长眠里。白发苍苍的祖母心疼孙儿，就低声教唆我装病请假。我随即鲤鱼打挺，翻身起床。故意旷工是严重的错误。祖母的溺爱反而起到警钟作用。我迷迷糊糊走出家门，游魂似地奔向遥远的工厂。我盼望恢复公休日，就像保尔·柯察金盼望共产主义来临，不包括冬妮娅。

我在铸造车间做工。天天开炉，铁水奔流。抓革命，促生产。三个月不休息，工人们出现生理与心理双重疲劳。我跟随"傻大个儿"师傅干活儿。他皮糙肤黑，好像高大的枯树桩，我精瘦细长好像豆芽菜，俩人水分明显失衡。

一老一小，两个身材超高的人，被人们称为"羊群里出骆驼"。我揣测"傻大个儿"也因身高而自卑。我将步他后尘，成为铸造车间新一代"傻大个儿"。

"傻大个儿"说话口齿不清，说话拖泥带水问我：小筲你天天诊磨起房？

我知道他问我：小肖你天天怎么起床？连日加班，他好像舌头也累坏了。

我说闹钟。他既羡慕又嫉妒地盯着我说，还闹钟，美死你呢。

我告诉"傻大个儿"，闹钟是父亲出钱给我买的。他大声判断说，你爹出钱肯定瞒着你后妈！她跟你死去的亲娘就是不一样。

我说我亲娘还活着。"傻大个儿"愣了愣说，新社会不许有两个老婆啊。

他四十几岁大男人，好像不懂得夫妻分手叫"离婚"。这时候，我猛然意识到父亲活得挺不容易的，还特意拿钱给我买闹钟。

"傻大个儿"师傅家庭生活困难，买不起闹钟，清晨老婆喊他起床。漏房、破锅、病老婆，这是人生三难，他占全了。病老婆彻夜难眠，顺便充当他的"人肉闹钟"。我每天听到闹钟振铃起床。他每天听到："死鬼！再睡迟到了，让厂里军代表毙了你！"

十年不遇的大雪，积在房顶慢慢融化。棚铺区陋屋常漏，仿佛古代计时器，点点滴滴渗落不止。"傻大个儿"的三个孩子如沐雨露，茁壮成长着。形容枯槁的病老婆也变得湿漉漉，显现水乡妇女趋势。全厂取消公休日，他早出晚归，只得夜半登高除雪。梯子滑倒，他摔断胫骨。

我下班去家里探望，"傻大个儿"师傅左腿打着石膏说，这次我总算歇了，合法的。

他斜躺床上，好像被伐倒的陈年老树，终于锯成一截子原木。我困乏难支，说了几句安慰的话，就跟原木道别，他扭脸大声对病老婆说，他家有闹钟！他家真的有闹钟！

他的病老婆端起水杯，一仰头服下两粒止痛片，然后气喘吁吁看着我。仿佛她在为我的闹钟服药。

我是个有闹钟的人。这在"傻大个儿"心目中也算是一种特殊身份。

工厂里组织青年突击队，发出"生命不息，冲锋不止"的号召。继续执行"七对七"作息制，青年突击队贴出"午间不休息"的倡议书，这样我午饭后伏案抱头小睡20分钟的光景也没了。

天生贪睡的我困乏到了极点，16岁小伙子半夜居然尿了床。我担心邻居笑话，就请求祖母不要把褥子晾出去。

要不你给自己撒尿时间也定了闹钟？就省得我晾褥子了。清晨时光里祖母思索着，拿起抹布擦拭着我的闹钟。那绛紫色，被她擦得好似打了蜡。

晚间下班公交车上，我醋睡过站，被载到终点站也没醒来。女售票员误认我是借故纠缠她的痴情小伙儿，就报了派出所。验明真身，警察释放了我。已然错过末班车。我一路步行回家，拐进小街突然看见街灯下，矗着个矮小身影。

冬夜寒冷。她老人家就这样站着，眼巴巴等待孙儿下班归来。我快步跑过去，当头就问有没有把褥子晾出去。祖母严肃地摇摇头，说是烧熨斗烙干的。

你下班越来越晚了。祖母进家就催我喝下一杯热水。杯里，她给孙儿放了白糖。喝了糖水，我恨不得立即睡觉，伸手去抓床头闹钟。

床头没了闹钟。大男孩失去监护人，我慌忙望着祖母。她老人家小孩子似地躲闪着，告诉我闹钟摔坏了，不小心掉到地上。

您！我几乎失去控制。祖母拉开抽屉取出摔伤的闹钟。我呼地抢在手里，匆匆打量着。

闹钟依然身着绛紫色衣裳，可惜玻璃钟罩摔裂了，两只钟铃歪歪扭扭，好像两颗委屈的头颅。我举起闹钟紧贴耳畔，听不到行走声。它心脏停止了搏动。

我想哭。闹钟停摆，没人叫我起床了。清砂组李国琪迟到3次，就在全车间大会上做了"检查"，还被撤销基干民兵资格。我累计2次了，事不过三。

祖母抚摸我头顶说，宝贝儿啊，明天我就去修理闹钟，安心睡觉吧宝贝儿，到时候奶奶叫你。

自从参加工作成了人，祖母便不再叫我宝贝儿。听到她老人家这样安慰我，又觉得自己成了大男孩儿。

尽管祖母承诺她是闹钟，我仍然紧张得难以入睡，黑暗里瞪大眼睛望着屋顶。屋顶写着一串大字：迟到迟到迟到迟到……

我听到祖母的声音：宝贝儿，起床吧，起床去上班啦，宝贝儿。

我猛然醒来，下意识寻找闹钟。想起闹钟摔伤了，扭脸看着祖母。

宝贝儿，现在四点半，奶奶保你不会迟到。祖母微笑着说。

平时祖母极少笑。她从年轻守寡，为避免门前是非便将自己塑造成为不苟言笑的小媳妇，从此极力消减女性温和，故意走向冷硬。多年的艰辛磨难，女性笑容基本消失。年近古稀，祖母将慈祥的笑容给了她的孙儿。

您又不是钟表，您怎么知道现在四点半？我很不放心，生硬地问她。

她老人家再次露出寡见的微笑说，放心吧，我就是我宝贝儿的钟表。

我接过祖母递来的棉袄。棉袄是她在火炉前烤热的，使我温暖地穿衣。祖母烤热的棉袄，总是等于体温。我拎起饭盒匆匆走出家门，奔向24路车站。

祖母送闹钟去修理。亨得利钟表行师傅说下星期三交活儿。我面临没有闹钟叫醒的漫漫时光：五天。

你安心吧，这五天光景一眨眼就过去了。祖母依然努力保持微笑，安慰着她老人家的宝贝儿。

我还是想念我身穿绛紫色衣裳的好朋友。不知为什么，我经常把它想象成"哪吒"——这是个风驰电掣的精灵。可能因为闹钟能够发出金属的疾声叫喊吧。

我期待着，耳畔重新响起金属的闹铃声。一连两天清晨，我都是被祖母唤醒的。她老人家轻声叫着"宝贝儿，起床啦"。我突然不愿意听到这种爱称了，似乎我渴望真正长大。

第三天凌晨，我被噩梦惊醒。梦里我上班迟到，满头大汗跑进车间大门，当头受到军代表激烈批评。梦里的军代表是年轻战士，操着口音。

我急忙伸手拽亮电灯，发现身边空空荡荡，祖母不见了。家里没了钟表，我心情紧张抓过衣服快速起床。棉袄棉裤没有经过炉火烘烤，穿起来凉飕飕的。

一旦没了祖母呵护，这个世界便是冰冷的。我害怕了，全然忘记自己是社会主义大企业青年工人，顿时成了无依无靠的大男孩儿。我盲目地跑出家门。

大街上没人。我漫无目的向前跑去，看到增兴德饭馆亮着灯光。这是一家老字号回族餐馆，有着临街的玻璃窗。越跑越近，我看到玻璃窗前一个矮小身影，双手攀住窗台朝着增兴德饭馆里张望。

我看清这是祖母，就惊叫了一声。她转身看见我随即心疼地说，你起这么早干嘛？现在才三点半……

我急切地扑到增兴德饭馆玻璃窗前，看见里面的挂钟指针走在3:35位置，心情松弛下来。

祖母已经奔回家了。凌晨天色里，她迈着曾经缠足的"解放脚"快步走着，那么矮小的身影。

大红门副食店的守夜老汉好像认识我，他走出店门说，这几宿你奶奶总跑到饭馆外面看表，你半夜赶火车啊？

迎着夜风，冬夜冻结了我的泪花。跑进家门，祖母给我冲了一碗"油茶面"说这么冷你跑出去干嘛？傻小子！快喝了它暖暖身子，一会儿就该去上班了。

她老人家并不提及半夜外出看表的事情，脸上连微笑也没有了。多年后我懂了，她的故作严肃是提前防范我的询问。她不愿意我问，是因为她根本就不愿意让我知道。

喝了热乎乎的油茶面，我走出家门，乘24路公交车到金钢桥，排着长长队伍，等候换乘18路。挤上18路公交车，乘坐16站到北郊医院下车，我步行15分钟走入工厂大门，天色仍然不亮。我再步行8分钟走进铸造车间。迎面是手持考勤簿的军代表。我不再害怕，大声跟他打了招呼。他操着口音回应了。

我确实不再害怕，因为我有祖母。我想象着她老人家和衣而眠，一宿几次跑到增兴德饭馆窗外看表，确保四点半钟呼唤孙儿起床……

我可以没有闹钟，不可以没有祖母。我乐于听到她叫我宝贝儿了，我愿做她今生的宠物。

我的闹钟修好了，每天清晨重新振响铃声。

1976年，我被工厂推荐去上大学，迁出户口离家3年。计划经济时期的大学食堂伙食极差，早餐是冰凉的馒头和玉米粥，每月凭票供应一次油条，挤得人山人海。只是每周六午餐有肉菜，给学生们解馋。

我回家无意间告诉祖母，有几个同学患胃溃疡退学了。祖母喃喃自语说，你们学校这么不厚生啊？

祖母就给我炸酱，带到学校打牙祭。酱里有肉丁，我们抹着馒头吃，小贵族似的。几个相好的同学吃肉不忘炸酱人，就问我祖母名字，然后小声齐喊：赵金琦万岁！

听到祖母受到如此爱戴并且享受了礼遇，我很是得意。

大学毕业，我返回工厂当技术员。可巧"傻大个儿"师傅退休。我猛然想起那只北极星牌闹钟。

下班回家，我就向祖母打听。她老人家笑而不答。自从我大学毕业成了工厂技术干部，八十多岁的祖母多了几分笑容。

我还是想知道闹钟的下落，它毕竟是我往昔生活的重要伙伴。

它在你肚子里呢。祖母谜语似地说。

原来，在我大学期间，家里这只闹钟坏了，送到亨得利钟表行，人家说不值得修了。后来，祖母就把它卖给走街串巷收购旧货的了。

我听了觉得有些遗憾。尽管我生活得意忘记了昔日伙伴，还是有些不甘心。

祖母坦荡地说，我用卖闹钟的钱给你买了一盒午餐肉罐头，你寒假后开学带到学校去吃了。

这就是久经风霜的祖母，既有永生的坚守，比如终身守寡，也有适时的放弃，比如将失去使用价值的闹钟变成午餐肉罐头。她老人家主持的物件大变身，让闹钟住到我肚子里去了。

这么多年过去了，有时我还会在梦里听到她老人家叫我宝贝儿。是啊，已经没人叫我宝贝儿了，只有远在天堂的祖母。

签名售书记

  我习惯于称自己为文学从业者。光阴似箭，这么多年过来了，我依然还在写作。很少去考虑自己究竟是属于"家"呢，还是属于"者"呢。当然，评定职称的时候还是希望晋级的。人总是难免怀有世俗的奢望。

  关于这种心情与那次外出参加笔会有关。返程路经南京，我与一位山东作家去笔会主办单位领取火车票。走进办公室，负责订票的男子伸出目光审视着我俩，突然问道："你们这么年轻就乘坐软卧，到底是什么级别？"此公说话听起来非常尖刻。

  与我同行的那位山东作家郑重答道："我是一级作家，享受正教授待遇。"说罢就要掏出工作证，自愿验明正身。对方只得默然。

  我则缩在一旁，不敢言语。我怕人家看出我是个赝品。就这样，我内心享受了一次尴尬的滋味。

  从此我愈发觉得作家这个字眼，是轻易动用不得的。如果这是个清洁的世界，那么它应当由德高望重的大师所拥有。如果这个世界变得肮脏起来，那么它只得归极少数文学寡头垄断才是，别人不得随意动用。关于作家签名售书，我也大多是从报纸上读到的。譬如说某某某作家于某年某月某日在某处签名售书。事后，该作家就写一篇文章登在报纸上记叙此事。内容无外乎叙述签名售书的状况。读了这些文章，我非常羡慕那些颇受读者拥戴的主流派旗帜作家。羡慕之余，就更加崇拜了。

  但是，我从未做过签名售书的美梦。因为我知道那是不自量力的。然而，签名售书的大好机会猛然出现在我的面前。

这天黄昏时分，我接到电话。一所颇有名气的大学的学生会，决定在校园里举办签名售书活动，结果选中我。事后我得知之所以选中了我，并不是因为我的书受欢迎，而是出于文学院的推荐。既然文学院重点推荐，人家学生会也不便将我作为退货打回的。

我开始思想斗争。想起所读过的那些作家关于签名售书的文章，没有哪篇是记叙签售如何失败的。几乎都是满意而归。常听人说文学的生命是真诚。那些大获全胜的作家，他们不会是写文章骗人吧？于是我答应了那所大学的学生会干部的邀请。

学生会的干部对我说，肖老师，签名售书那天您打算带多少册书。

我鼓了鼓勇气说带五十册去。学生会干部说带二百册吧。听了这个数字我一阵眩晕。我认为这是个天文数字。

人，其实大多具有好大喜功的天性。尽管我对二百这个数字表示怀疑，但还是照办了。

签名售书的前天晚上，我坐在桌前手握钢笔练习写字。我改用电脑写作，久不写字手法显得生疏。正读初中的儿子见我练习写字觉得奇怪。我不好意思说这是签名售书的彩排，就对儿子说练习写字有益健康。

是的，文学的生命是真诚。

签名售书那天，我哪好意思找作家协会要车。文学院派了辆红色桑塔纳将两百册书送到大学校园。看着这辆红车我以为是吉兆。有广告词云：拥有桑塔纳，走遍天下都不怕。

那我就没得怕了。难道还怕这二百册书被大学生们抢购一空不成？可是心里还是很紧张的。

签名售书现场设在个高台上。这里地处要冲，是大学生们走向食堂的必经之路。我在此打坐体验到守株待兔这句成语的意境。我的头顶上已然扯出一幅横标：《黑色部落》作者签名售书。这条标语深得吾心，称我为作者而不是作家。

至今我也不清楚是不是这条会标没有"炒我"才使我处境不妙的。反正开始签名售书的时候，我迟迟不能开张。大学生们将我的书摊围得密不透风，但就是没人掏钱来买。我只得故作镇定。

这种难堪的时刻，一秒长于百年。

看客中还是存有人道主义者的。一位中年男子可能看到我身处逆境，顿生恻隐之心，他打破僵局掏钱买了我的中篇小说集。我终于开张了。我在《黑色部落》的扉页上给他写道：写小说与读小说，其实都是在寻求生活的多种可能性。

此君留给我一张名片。我看到他是位从事陶瓷研究的博士。

在这位博士的带动下，大学生们开始买书。我就为这些衣食父母们签名。此间一遇冷场，我就故作镇定。

电台一位记者来现场采访我。她问我："如果没人买你的书，你是不是觉得很尴尬？"我想了想，说人生如果就是个尴尬的过程，那么尴尬一时与尴尬一世又有什么区别呢？

记者同志走了。我的生意愈发冷清。这时我心里反省道："天啊，我宁可尴尬一世，也不愿意尴尬这一时啦。"但是有一点我敢保证，本人始终处于被围观的状态中。只是购书者寡，经济效益不高罢了。

我带去的那两百册书，只卖出很少一部分。于是我有了表现豪爽的机会。大笔一挥开始签名送书。当然，是送给学生会那些可爱的学生干部们。之后我没有立即逃走，去到一间会议室与文学爱好者座谈。发言时我仍在心中告诫自己，一定要洁身自好别在这里号称作家。我果然做到了，心中一派清凉。

这就是我有生以来的首次签名售书活动纪实。我不知道今后还有没有这种场合等待我去"练摊儿"。就在我大败而归的第二天，我的一个熟人给我打电话，说他的一个熟人目睹了我在大学校园里的尴尬处境，心里很是难过。听了这话，我就在电话里说了一声谢谢。除此之外，我还能说些什么呢？

真的，我充分享受了尴尬。

好在我还有勇气写这篇文章。好在我身上还保持着那种一贯的自嘲意识。这可能是 20 世纪末我的最后一笔精神财富了。

生锈的英雄

　　小时候我是个非常怯懦的孩子。胆小，站在门里朝小街上望去，对外面的世界充满惧怕。4岁那年我莫名其妙就被街上的孩子打了一拳，牙齿出血。至今耿耿于怀。记得当时我心底暗暗发誓报复。之后，在很长一段时间里我都在心中勾勒着痛打对方的画面，并一次次在那个虚拟的画面里成为英雄。我对英雄的向往，大约就是从那个时候开始的。如今我懂了，怯懦的现实与英雄的情结成反比。我在生活中愈是怯懦，心中愈发渴望成为英雄。

　　这几年写文章，我很少谈到那段时光。只有夜深人静难以入眠之时，我才独自潜往青春年少的世界，再作冯妇。于是，我久久沉浸在昔日的英雄业绩里；同时我也时时以昔日的英雄业绩来谴责今日心理怯懦。这种回忆温馨而麻醉灵魂。

　　我只能通过寻找青少年时代的英雄梦，来饲养自己脆弱的心灵。因此，我的怀旧心理日甚一日。

　　20多年前我初中毕业，是一根身高1.83米的"豆芽菜"。这根豆芽菜命运不错，没有"上山下乡"而是被分配到郊区一座大工厂里做工。我觉得天宽地广了，又觉得现实生活过于平静，自己难以成为英雄。于是我就处处标新立异。

　　18岁那年，我每月工资人民币18元，加上福利费和交通补贴，总共23元。我竟然敢花72元钱去买一双冰鞋。记得那是黑龙牌跑刀。我是个平民子弟，却用近四个月的工资，过了一把贵族瘾。拥有这双冰鞋之后，我几乎天天出现在冰面上，风雪无阻。

飞驰在冰封的湖面上，觉得自己颇有几分英雄气概。对英雄的向往，使我很少产生谈情说爱的念头。回忆起来，拥有冰鞋的年代里我几乎天天与男孩子混在一起，尽显英雄本色从而形成我历史上的"异性空档期"。

这时期我有一个重要的朋友：Z。

我与Z形影不离。从小学到中学我与他都是同学，甚至同桌。进入工厂又成了同事。我俩之间除了文学，可以说爱好处处相同。Z身高1.80米，是个体育通才，无一不精。见我买了冰鞋，他不言不语也去买了一双。我俩的冰鞋唯一不同之处就是颜色。我黑色，他栗色。从此，每年的冬季我与Z总是身上背着冰鞋去上班。

那是个隆冬的清晨，上班途中我与Z走进西沽早点部。记得我刚刚找到座位，就听见嘭的一声。我转身看到一个人已经被Z一拳击倒。战争爆发得如此迅速，我被惊呆了。这时又有人扑向Z，形成三打一的局面。我不知从何处借来几分勇气，拎起一只凳子扑上前去。到处都潜伏着对方的兵力，就在我拎起凳子砸向对方之际，背后飞来一拳打在我左眼上。顿时视线模糊。

炸油条的和盛豆浆的两员大汉同时赶上前来，将双方拉开。

我渐渐恢复了视力——看到Z的右手已经肿胀成馒头。这是他挥拳击打对方的后遗症。我俩彼此询问了身体情况，均无大碍，就埋头吃了起来。那时候我们每天晨练都要跑五千米，早餐进食量大得惊人。

吃到中途，Z低声对我说，外边来了很多人。

我回身朝早点部窗外望去。果然，大约来了一个排的兵力。那时候我与Z都是19岁的青年，而我们的敌人也是相仿的年岁，正值火气冲天的青春期。

看来是走不脱了。我一下子没了食欲，呆呆看着Z。不知为什么，我想起儿时打得我牙齿出血的那个男孩儿。

Z揉着肿胀的右手，做着冲杀前的准备活动。至今我也不曾见到第二个像Z一样大战之前宁静如水的男子。我知道冲杀是不行的，心里开始发愁。

我看见那4只摆在桌子上的冰鞋。20多年前，在寻常百姓之中它绝对属于奢侈品。就如同前些年土豪手里的大哥大，富婆手里的LV。

就在这关键的时刻，文学解救了我。这是我记忆中文学能够给人带来实惠的唯一例证。身陷重围的我想起了大作家雨果，想起了他老人家的《九三年》，想起《九三年》里有个章节《语言就是力量》，那位身处险境而站在船头口若悬河的保皇党人名叫朗德纳克。

Z不喜爱文学，当然不知道我的心思。Z已经吃得很饱，镇定自若准备搏斗。

我想出"冰刀加口才"的方案。当然，这方案是事后命名的。当时我知道国际上有"胡萝卜加大棒"政策。我一手握着一只冰刀，轻声告诉Z，我在前你断后，没有我的招呼千万不要动手。我心里知道，冰刀一旦成为凶器，后果绝对不堪设想。

Z朝我点了点头，我心里踏实了。Z虽然不懂文学，但他是一直以来与我配合最为默契的朋友。篮球场上，我是中锋，他是右前锋，总共打了上百场比赛。这些年我心里总是想，Z要是一个作家多好，我在文坛上就有真正的朋友了。

我在前，Z在后，依次走出早点部大门。敌人立即将我们远远包围，不下30人。他们手中不是拿着石块就是握着棍子，属于石器时代的斗士。我与Z手中的金属使对方不敢靠得太近。

大战一触即发。这时候，我渴望自己成为诸葛亮那样的人。

进入冷兵器时代。我和Z走到自行车近前，互相掩护着，打开了车锁。看见我们那两辆漂亮且一模一样的凤凰，对方立即将我们紧紧围住。

我大声问道，谁是你们的头头儿？

一个极其粗壮的小伙子立即应声。看他体形我断定这是个业余举重选手。举重选手表情镇定。这时候我心情紧张起来。

我知道自己正在颤抖。我也知道绝对不能让对方看出我的怯懦。我做出蔑视对方的样子说，你们这么多人，我们只有俩人，你们算是什么英雄！

对方看着我手里的冰刀说，你不是也拿着家伙吗？

我心里非常高兴，因为我看出这是个讲究斗殴规则的选手。我攻击他以众欺寡，他就攻击我手持利刃。我立即说，那就改成明天吧，明天还是这个时间还是这个地点，你要是凑不齐100人的话，就不要来啦。

业余举重选手听了这话，似乎感到困惑，毫无主张地看着我。

我慢慢悠悠推起自行车，回头看了他一眼，再次叮咛着：你要是凑不齐100人，明天就不要来啦。

我终于看到他朝我点了点头，表示承应了。

这时，我将两只冰刀挂在脖子上小声对Z说，慢慢推着车子朝前走吧。说罢，我又回头朝着那个业余举重选手说，咱们一言为定！

骑上车子，我低声告诉Z，一定要慢骑。我知道丝不能让对方看出我们内心的慌张。

这时候Z不解地问我：肖克凡，我们为什么要慢骑呢？

这时候我估计已经基本脱离险境，就大声对他说，咱们快骑吧，快！

这时对方果然大梦已醒，纷纷喊叫着追了上来。可惜为时已晚。尽管业余举重选手膂力过人，他投出的石块儿也难以赶上我们的车速了。

默默骑了一段路，Z突然对我说，君子一言驷马难追。明天，咱们到哪儿去找100个人呢？

我告诉Z，我为了突出重围才那样说的，这叫权宜之计。明天就让他们在这里白白等候咱们吧。

Z立即停住自行车，大声对我说，你算什么英雄！

我无言。我与Z又默默骑了很长一段路。就这样一直骑到今天。此间我离开工厂和Z，去上大学了。

20年之后一个下午，我在繁华的滨江道上遇见Z。他依然宁静如水，孑然一身。这时我才想到，已届中年的Z至今仍然独身不婚。我问他是不是每年冬天还去滑冰。他说好几年没滑了。

那次见面，Z没有谈及往事，我也没劝他成家。我敢断定，他怀有比我更为强烈的英雄情结。

这就是我的悲剧。渴望英雄而在走近英雄边缘之时，却绕道而去，表现出世俗的狡诈。因此，我怀念Z。我由衷地希望Z能谅解我当年的怯懦。同时我也希望Z能够成为一个真诚的英雄。

至今我还保存着那双冰鞋，只是冰刀已经生锈，通身呈现巧克力颜色，但是不甜。

思念米兰

我去花卉市场买了一株米兰。抱着米兰走进机关大门，我的自费绿化活动就开始了。那时我已经学做小说。

应当说这是一株少年米兰。她的年龄正合我意。将少年培养成人，这个过程具有无穷乐趣。平时工作虽忙，我还是时刻关心米兰的成长。一天下属公司的通讯员看见我为米兰喷水，站在楼道里告诉我这株米兰属于优良品种，开花极香而且不易退化。听了内行评价我很高兴，盼望米兰早日开花。

这时候的少年米兰，无言地看着我。

久而久之，我与她有了感情。她的体形不算出众，然而挺拔而修长，随我，有股子勃勃向上急于证明自身价值的劲头，于是稍显几分冒失。这正是我的心境写照。因此，我总觉得这株米兰是我投映窗台的身影，视为己出。

那时我读了几本弗洛伊德，自我诊断此等情愫与恋物情结无关，只是我的情感寄托而已。进入冬季楼道里气温不高。天冷了人要加衣防寒。花呢？花没有衣裳。我担心米兰夭折。嘉木自有天相。春天来临的时候，她活转过来。

渐渐进入盛夏，米兰露出小小的花蕾，一颗颗宛若黄色米粒。我暗喜米兰已成青年。青年开花，果然不同凡响，那香气扑面而来，勇猛有余而含蓄不足。我知道，这株米兰平生首次开花，必然情真意切奋不顾身，全然不谙世故，显得咄咄逼人。正因如此，才显得分外可爱。从这株米兰身上，我也悟出几分人生道理。

或许人生道理懂得多了，自我意识在心底渐渐苏醒，开始有了所谓痛苦。于是我更换了工作环境，调到市政府一个委员会里工作。记得调动之际正是隆冬，担心米兰不耐寒冷难以挪动，便将她留在原处。我与米兰，劳燕分飞。

新的工作单位，我办公的房间狭小而不见阳光。我后来把这个罕见的房间写进小说里并将其比喻为潜水艇。在这种环境里工作有害身心，我不想延请米兰到此定居。我与米兰，就这样两地分居着。

我回到原单位看望米兰，她枝繁叶茂的样子，开花时候暗香浮动，意气风发绝不轻易罢休。这种情形，更使我坚信她的品种优良。殊不知在我调离之后，邵大姐和老杜同志随即成为无名园丁，专心照料这株失去主人的米兰。花开季节，邵大姐专门买来育花灵，精心养护。花落季节，老杜同志不忘剪枝修顶。他们的行为使我深受感动。于是我将这株米兰寄放原处，迟迟没有挪动。

后来，我离开潜水艇搬进一间宽敞明亮的大房间里办公。环境变好了，我想起米兰。一天下午我找了汽车将她接到身边。这时的米兰在邵大姐和老杜同志的呵护下，长势极好。这就是人们通常所说的置身善良环境。

我在新的工作环境里，继续与米兰为伴。这时我再次感到身边有了可心的朋友。那时候我的写作正在爬坡，白天在机关里上班，回家伏案熬夜。我的米兰与我的文字，共同生长着。一起工作的几位青年同事，并不知道这株米兰对我来说意味着什么。在他们眼里她只是普通植物而已。

这株米兰依然默默开花，似乎成熟了几分。

我终于调到本市文学机构去了。功名心切忙于写作，一时忘记米兰，将她留在那间虽然宽大却未必温暖的大房间里。大约一个月后我去搬迁米兰，一进门便惊呆了。昔日生机勃勃的米兰，此时已然枝叶枯槁。我不言不语看着她，心中充满对人类的失望。我立即动手剪枝浇水，做着最后抢救。

是啊，这株无辜的米兰在她主人调离此处的三十多天里，无疑经历了漫长的旱季。

我抱着米兰，骑着车子将她驮到附近的熟人家里。我要争时间抢速度，救活这株米兰。

　　米兰的悲惨遭遇使我不得不承认，自己为人处世的失败。因为这个世界上不可能处处都有邵大姐和老杜同志那样珍惜植物生命的好心人。

　　后来我的那个熟人打电话给我，用治丧的语气告诉我米兰死了。

　　如今我仍然居住在中国北方这座因缺水而著名的大城市里。前年夏天，我又在街上见到叫卖米兰的花农。物去人非，我也过了不惑之年，激情不再。这时我仿佛听到一个温暖的声音说，再养一株米兰吧。此时我的心情也变得平和，就掏钱买了一盆，抱回家去。我知道，这是我对那株死去的米兰的怀念。

记忆深处的粮食

谈起吃的话题，中国人首先会想到粮食。记忆深处泛起的则是粮食定量年代的涟漪。

我的童年恰恰处于"三年困难时期"，粮食不够吃的，国家只得对城市居民实行定量供给，不同的人，有着不同的定量。

那时城市生活明显强于农村，我没听说身边有谁饿死。我对粮食定量的记忆，是 1961 年进入鞍山道小学读书。

记得我听到家长说："这孩子上学了，应该去长粮食了。"

人的不同年龄阶段，有着不同的粮食定量。家长所说的"长粮食"并不是让地里长出粮食，而是提高粮食定量。我从学龄前儿童变成小学生，遵照国家政策规定，每月粮食定量从 12 斤涨到 14 斤，也可能是 16 斤。我记不清了。

成年人的每月粮食定量，不同的工作性质或不同的劳动岗位，大不相同。体力劳动者高，脑力劳动者低。天津的家庭妇女不外出工作，粮食定量由街委会评定。记得我祖母被定为每月 26 斤，她认为不公平就跟街道干部吵了架。因为她看到邻里有人被评为 28 斤。

当年国家实行粮食定量供应，召开各级干部会议传达文件精神，并且要求与会者严格保密。据说有的干部将粮食定量的消息透露给家人从而造成抢购，这样的干部受到组织处分，譬如开除党籍什么的。

城市居民的定量粮食供应，以月为单元，一个家庭拥有一个购粮册，天津人简称粮本儿，全体家庭成员的粮食定量写在这个购粮册上，每月凭粮本儿购粮。民以食为天，何况是口粮。粮本儿在天津市民家庭的重要性，可想而知。

20世纪90年代我曾在短篇小说《孩儿戏》里写到一个家庭丢失粮本儿，全家口粮被别人盗买所造成的悲剧。我记得还有个小说家写过《狗日的粮食》。我认为文学作品不仅具有审美功能，还可以记载历史教科书里不屑记载的人类生活镜像，包括诸种日常生活的琐细。

那时候粮本儿的功能不可小觑。它不仅具有市民家庭合法购买定量粮食的功能，同时起着双向调节粮食流向的作用。

例如一个人清晨从市区前往塘沽办事，中午在饭馆吃饭不光付钱还要付粮票。他事先就要凭粮本儿去粮店取出粮票，否则外出就会饿肚子。你取了几斤粮票，粮店便从粮本儿里核减掉你的几斤粮食。这叫取粮票。

同理，你将手里的粮票交回粮店，这叫上粮票，你交回几斤粮票，粮店便在你家粮本儿里核增几斤粮食。

天津城市家庭供粮总量由粗粮和细粮组成。同样，粮票也有粗粮票和细粮食两种。出门在外，粗粮票买棒子面窝头，细粮票可以买白面馒头吃。唯一例外是天津市民可以用粗粮票买点心。无论小八件还是槽子糕，都可以用粗粮票在糕点店买点心。如今想来，这样的规定颇具人道主义色彩。当然，当时大多数天津市民家庭还是吃不起糕点的。

那时点心铺有时出售点心渣子，一份份装在纸袋里。我不记得买点心渣子要不要粮票。好像不要。

假如你去北京或外省，那么就要拿着粮本儿到粮店取全国通用的全国粮票。如果你取额度较大的全国粮票，还要交还相等额度的油票。这种油票不是如今加油站的汽油票，它是当时的食油票。因为你到外地饭馆吃饭全国粮票里是含有食油的。你从天津领走含有食油的全国粮票，当然要交回天津市民的食油票。这种精细的核算功能，体现着计划经济年代的点滴公平。当年粮本儿具有的双向调节功能，堪称计划经济时代的伟大创举。

"三年困难时期"后期，紧张局面渐缓，天津出现议价食品不收粮票，比如议价点心和议价奶糖，还有议价果子饼。但这种议价食品比较贵。议价点心被称为高级点心。有民间歌谣云："高级点心高级糖，高级老头儿上高级茅房。"

然而，议价食品毕竟超越了粮食定量的限制，让人们有了些许自由度。

那时候，粮店的粗粮供应通常是玉米粉，天津人叫它棒子面。我记得1961年粗粮配比里还包括黑荞麦面和麸子，后来经济形势有所好转，这两宗就没了。

天津市民的细粮供应是小麦面粉，我至今清楚地记得它的价格：1毛8分5。这是标准粉，高档的叫富强粉，价格稍贵，只有过春节时每人供应1斤，让全家过年包饺子用。

尽管经济形势有所好转，天津市很多家庭的粮食仍然不够吃，没到月底粮食就光了，堪称如今"月光族"的先祖。官方为了应对"寅吃卯粮"的客观现实需要，只得规定每月25号为借粮日，就是从25号即可购买下个月的定量粮食。于是，每月25号就成下个月的1号，这天一大早儿人们就去粮店门前排队，等待粮店开门成为特殊年代的城市景观。

我记得进入20世纪70年代，天津仍然是中国第二大城市，市民粮食供应优于首都北京。天津市规定在40%的粗粮指标里，每人每月可以购买7斤籼米。如此折算，天津市民每月的粗粮比例大幅降低，等于吃不到很多棒子面了。白面加大米。那时候身为天津人的自豪感，或多或少跟这7斤籼米指标有关。每逢借粮日，一大早儿去粮店排队很可能会买到比籼米更好的粳米，这便大喜过望了。

尤其每逢春节，粮店还给每户家庭供应3斤小站稻，天津人就更高兴了。因为中国只有天津出产小站稻，所以天津人历来有吃米饭的习惯。北京没这习惯。北京人吃炒疙瘩。

天津人对粳米的记忆很深。然而天津人将"粳"字读为"梗"音。这也是天津方言的特色吧。

1968年深秋我从小学升入初中，又该"长粮食"了。全班评议粮食定量。我评为32斤。也有男生评为31斤。女生普遍评为30斤。两年后初中毕业，我成为铸造车间造型工，粮食定量升为每月48.5斤。这属于重体力劳动，我早餐半斤大饼4根油条两碗豆浆，午饭8两猪肉包子。

随着国家经济形势改观，人们能够吃饱饭了。计划经济年代的粮食政策没有立刻改变。记得20世纪80年代我就职某工业机关，有时下厂检查工作在职工食堂吃客饭，每餐要交半斤粮票5角钱的。多年后我在电视新闻里看到某位领导，猛然想起当初下厂他找我借半斤粮票至今未还。当然这是笑谈。

进入改革开放年代，人们肚里有了油水，主粮吃得少了，粮票也渐渐淡出人们生活。起初，早晨购买油条没带粮票，1两粮票按2分钱折算。后来，粮票就退出我们的日常生活了。如今，我们只能在古董市场和收藏爱好者那里看到老版粮票。

粮票，象征着计划经济模式下的粮食定量供应政策。时光流水，粮票已然成为我们历史文化符号，必然进入那座中国人民日常生活博物馆，告诫人们不要忘记过去。

写作此文之时，我耳畔响起远在天堂的祖母的声音："小孩儿吃饭不要剩碗底子！"这是家教。我从小知道珍惜粮食，至今吃饭碗里不剩米粒。

可是，如今很多人吃饭不用碗了，改用餐盒。这便是时代变迁。

晨钟不再响起

清晨钟声从远方传来，悠扬旷远居然含有几分暖意。不知为什么，我总觉得这钟声带来安全感——特别是在莫名忧伤的童年时代。那时我不晓得钟声是从老西开天主教堂传来的，也不晓得那里旧时属于天津法租界。

我家住在宁夏路 76 号。一天我意外发现院门外高处还钉着一块废弃的木质门牌，依稀可见"石山街"字样。后来知道这里是旧日租界。我读书的鞍山道小学坐落在旧日租界宫岛街，原本是日本第二小学。日本第一小学则坐落在橘街，它与段祺瑞公馆隔街相望。旧日租界的橘街，新中国改名蒙古路了。

我的童年与少年时代都生活在这片区域。静谧，安稳，甚至可以说祥和，在布尔什维克主流文化氛围里，隐藏着些许布尔乔亚味道。譬如旧日本大和公园对面的牛奶店，那扑面而来的面包香气基本就是资产阶级的产物。

我家附近的居民，成分比较复杂。有的甚至身世不明。偶尔半夜醒来听到对面楼里传来男人咳嗽，我姥姥就小声说沈先生真遭罪。尽管新中国八岁了，这里人们依然不改旧时称谓，叫男人先生，称女士太太。新社会所具有的强大的文化改造力量，当时尚未抵达并充满它的毛细血管。旧文化以及衍生物，垂垂而不死。

松岛街、加茂街、须磨街、浪速街……这些日本街名统统消逝，变更为哈密道、青海路、陕西路、四平道……身边唯一与日本有关的事情就是同校那位女生的母亲是日本人，新中国初期妈妈归国把女儿留在天津。

1965年这个女生去日本探亲竟然买了十几支天津产圆珠笔带去东瀛，当时我觉得日本还是比较穷的。另有邻班女生家庭是天主教民，老师每每提起她总是含有几分歧视语气，于是我愈发对那座响彻晨钟的老西开天主教堂产生好奇心理。

我大起胆子沿着墙子河奔跑，这条河是前清守将僧格林沁开挖的护城河。我终于跑到那座大教堂前面，伸长脖子仰望高高圆顶十字架，一时猜不出钟声是从哪里传出，心情有些焦急。

老西开教堂前的马路两侧，有着几家店铺，还有小件物品抵押所，这是政府开设的具有典当性质的处所。新中国了，来这里抵押物品的有原装资深穷人，也有曾经是富人的新进穷人。前来典当的人们，表情平淡走出小件物品抵押所，手里有了几个钱就来到干货店前购买糖炒栗子，初冬季节里这是必需的。穷也坦然，富也淡然。后来，我祖母也走进了小件物品抵押所，拿日本蜻蜓牌推子和清朝铜碗换成钱，转身照样去买糖炒栗子。这正是我儿时看到的天津市民群像，远比后来的大型泥塑《收租院》生动多了。

长大成人才知道，天津这座城市有过"英法德美日意俄奥比"九国租界，是中国近代外国租界最多的殖民城市。记得冰心老人在《紫竹林怎么样了》散文里写到，"天津很像上海，然而城市却是北方的"。我想当年冰心住在天津英租界，所以才会产生这种感觉吧。张爱玲也曾在天津英法租界生活，但是没有留下丝毫笔墨记载。天津这座城市确实有人不喜欢的，尽管它毗邻首都。

我五岁那年首次进北京，记忆朦胧。只记得前门大街的公共汽车，还有在"都一处"吃烧麦。返津时我们只买了丰糕和蜜供，父亲说其他东西天津都比北京的好。是啊，中国首家西餐厅就出现在天津德租界威廉街，餐馆主人名叫起士林，是个退役的普鲁士军官。

首都皇城具有独到的大气。天津文化则属于板块结构。有从海外漂来的租界文化，早于北京十几年就过起了圣诞节；也有明初建卫以来的老城厢文化，恪守传统不改章程。此外还有漕运文化、码头文化、盐渔文化、早期萌芽的工业文化，以及来自直鲁皖豫的农业文明，这诸多文化板块在各自领域生长繁荣，彼此不相融合。这样就很难识别何为天津主流文化，于是有时被误认为没文化。

近代天津开埠以来得风气之先，处处走在北京前面。然而北京传统文化积淀丰厚，连蚊子都沾着皇亲国威的血脉。这是天津难以比拟的。改革开放以来，北京得风气之先，处处走在天津前面。天津人便以"北京郊区"自况，其实是自嘲。尤其天津泰达遇到北京国安，中超赛场颇有穷人想揍阔少爷的心理。

西方流行的城市学理论，以北京这样超大型城市为例，周边八百公里范围内是不能存在另一个超大型城市的。这正是城市功能辐射理论的基本观点。然而，不知出于历史的原因还是现实的错位，天津距离北京127公里，就这样悄无声息地存活着，而且活得有滋有味，就像煎饼果子似的。

20世纪80年代，京津两座城市差别不大。到了20世纪90年代便差距明显了。大量移民涌入首都，北京成为一座无所不包的大熔炉。全中国的矿石都想投身这座大熔炉里，恨不得立即将自己炼成好钢，然后用在刀刃上。

天津情况完全不同。20世纪70年代初，海河失去上游来水断流，码头成了河流的弃妇，天津卫变成一片止水，宛若水缸。水文地理发生如此畸变，河畔文化也逐渐呈现华北腹地化倾向，市民成了保守党。于是天津也越来越不像天津了。京津双城都不像过去的自己了，这叫嬗变。

北京是座精英云集的理性化的城市，天津却以市民文化为特征。我客居北京去菜市场，很有感慨。北京人称为"扁豆"的蔬菜，天津人叫"弯子"，北京人称其"豇豆"的蔬菜，天津人叫"长豆角"。北京人以其理性思维的严谨，以规范称呼蔬菜。天津人则以感性思维取其外貌特征而命名。

北京人驾车离开主路叫"驶入辅路"，天津人却说"下道"。北京开车"驶入匝道"，天津人说"走桥下边"……还有北京的鲤鱼天津叫"拐子"，北京的草鱼天津叫"厚子"，北京叫"复式"天津叫"跃层"，不一而足。从某种意义讲，北京人的语言表达追求既能定性也能定量的理性效果。天津人更倾向形象思维的语言表达，于是出了个郭德纲。

近在咫尺，天津却很少"北漂"，不知是天津人极端热爱这座城市，还是他们根本就懒得离开家门。天津，这是一座既难以抽象又无法概括的城市。

曾经又有晨钟响起，却不是来自老西开法国教堂，而是来自坐落在天津南京路上的电报大楼。我敢断定这是两种完全不同的声响……

从新港启航

　　曾经写文章谈到《新港》，说接触这册文学刊物还是比较早的。记不得是哪年了，我大约十岁吧。不知道为什么家里有几册文学期刊，是《新港》和《延河》。

　　可能是认为诗歌比较简单吧。小孩儿首先读诗。长大成人才懂得诗歌是语言艺术的最高形式。小孩儿我随意翻开《新港》，记得读到作者薛雪的诗作，"绿窗深处，含笑绣花，苏州离北京有多远，姑娘一针一线牵……"

　　小时候我记性不错，便记住这位诗歌作者别致的名字——薛雪。1968年深秋，我们从西藏路小学"大锅端"升入"抗大红一中"，那是"文革"期间。这所中学"文革"前是女四中。后来听说有个语文教师被女红卫兵们追打，从四楼平台纵身跳下，"自绝于人民了"。我偶然得知这个自杀者名叫薛雪，猛然想起《新港》以及苏州刺绣的诗歌，便向学校后勤工人打听详情。

　　果然，那位以自由落体方式结束生命的语文教师薛雪正是《新港》月刊那位抒情诗人薛雪。当时我已然喜欢文学了，暗暗为诗人的悲惨命运感叹不已。就这样，我似乎与《新港》产生了某种神秘关联，无论是赞美的诗篇，还是悲情的诗人。

　　当然，我在《新港》上还读到当时其他作者的诗歌，比如刘中枢和白金。多年后见到他们还都健康地活着，内心深感欣慰，他们没像薛雪先生那样宛若一只大鸟俯冲而去。

还是那几册文学期刊，我从中读到孙犁先生长篇小说《风云初记》。这部风格独特的长篇小说在《新港》上连载，因此我只读到两期。那是变吉哥行军路经山区农家，房东的小女孩儿发烧醒来闻见小米饭熟了，说了一声"香"。走的时候变吉哥想送给房东礼物，转念想自己个穷八路能送人家什么呢？如今我记不清具体情节，好像变吉哥送了一张画像。

这些年我没有重读《风云初记》，真是失敬了。我认为，随着时光推移，被当代文学严重低估的孙犁先生理应得到公正评价。阅读孙犁先生我是从《新港》开始，因此我感谢这册文学杂志。

我试图与《新港》发生直接关联时，它已然改名《天津文艺》了。那时我在郊区一座大工厂里当工人，开始偷偷学习写诗。说是诗，其实顺口溜而已。我经常阅读《天津文艺》，从中看到许多天津的诗歌作者：唐绍忠、王榕树、李超元、金同悌、许向诚、颜廷奎、李子干、苗绪法、王光烈……

我记住《天津文艺》杂志社的地址：天津市和平区四川路八号，但从来没有去过那地方，便在心里想象着。后来我动了心思，开始向它投稿。

那时候，作者投稿是可以不贴邮票的，只要将信封右上角剪去，便"邮资总付"了。我每次剪掉右上角，还要贴上一张一分五厘的邮票，这样就双保险了。万一收邮的报刊不是邮资总付单位，我也付了邮费。那时邮寄稿件，贴一分五厘的邮票就可以了。

我总共在《天津文艺》上发表过两次顺口溜，一次1975年，一次1976年，都是小豆腐块儿，比豆腐房卖的真正的豆腐块儿还小。责任编辑均为肖文苑先生。我是通过一位老作者认识他的。肖文苑先生个子不高却很有学问，讲粤式普通话，对唐诗有着很深的研究。

"文革"结束，《天津文艺》恢复《新港》的刊名。我也从工厂技术员变成工业机关干部。我渐渐意识到自己不是写诗的材料，转而学写小说。每每写出小说，便向肖文苑先生投稿。为了发表作品，我还到解放南路他家的"临建棚"拜访，正赶上他修缮自家屋顶，显得很有力气。我得知他曾经下放工厂劳动，抢大锤劈铁锭，全然不在话下。

我开始在我市内部刊物上发表小说作品，比如《海河潮》。大约1983年春季，我终于在新港发表了小说《看车姑娘》。一天上午，我在办公室接到责任编辑肖文苑先生打来电话，说话完全文人口吻："肖克凡同志，大作在我刊发表了。现在《小说月报》决定转载您这篇作品，须要作者的创作简介。"

我激动且羞涩地说，"这是我在正式刊物上发表的小说处女作……"

《小说月报》转载这篇小说之后，我开始接到外地刊物的约稿信，有《奔流》的王剑冰老师、《江城》的肖桂民老师等等。我还接到几封读者来信，有四川的河北的山东的和本市的，我都礼貌地复了信，对他们的鼓励表示感谢。

后来，这篇小说获得了首届"新港小说奖"。我向单位领导请假参加颁奖活动，见到诸多有名的作家，比如浩然先生。我还记得，那次在警备区招待所小礼堂召开的颁奖会，吕舒怀兄代表青年获奖作者发言。他是天津青年作家的代表人物，发表了《在友谊的圈子里》和《美的记忆》。我坐在台下望着他，内心很是敬佩。

再后来，《新港》改名《小说导报》，由柳溪先生主持。我在上面发过小小说《珍品》，还被河南的《小小说选刊》转载。至此，我依然是个小小说作者而已。当年，天津有些青年作者开始尝试中篇小说甚至长篇小说，勇气可嘉。记得《小说家》的李子干先生来信鼓励我写中篇，我心存感激，却没敢写。我知道自己不行。

《小说导报》改名《天津文学》是 1987 年的事情。我将自己的中篇处女作《黑砂》投给编辑李兴桥老师。这篇稿子受到重视，执行副主编刘品青老师叫我去编辑部谈话。10 年了，这是我首次走进这家文学大刊的编辑部。冯景元老师也与我谈了话，使我受到很大鼓励。《黑砂》发表后，《小说月报》和《小说选刊》转载。之后《天津文学》为我召开研讨会，蒋子龙老师肯定了这部作品。我受宠若惊，一时不知如何是好。

这次研讨会后，扈其震兄立即写了报道，在《文艺报》发表。我又有了外地编辑约稿信，心里挺高兴的。

之后几年，我在《天津文学》发表了《黑色部落》和《遗族》，后来又发表了《私死》《都市谜底》以及《个案》等几个短篇小说，与编辑们建立了亦师亦友的关系。从《新港》到《天津文学》，我始终是它的作者。无论什么时候，我都会认为自己是它培养出来的。没有《新港》和《天津文学》，就没有我这个写小说的作者。我调入天津作家协会成为文学从业者，也应当与发表《黑砂》有关。我不会忘记是《天津文学》发表了我的中篇小说处女作，让我有了几分虚名，混入文坛了。

我尤其要说的是，2008年我出版长篇小说《机器》并在北京召开研讨会后，《天津文学》不惜版面发表了这次研讨会的发言纪要。这种支持令我难忘。

2016年《新港》创刊60周年，可喜可贺。我是从《新港》启航的，所以我由衷祝贺它。这么多年过去了，从《新港》到《天津文学》，培养了多少像我这样的作者啊。想起一位位退休甚至去世的老编辑，我从内心感激他们。看到一位位如今在岗的中青年编辑，我从内心祝福他们。愿我们依然保持当年启航的信念，朝着前面驶去。

新港是我启航的港口。前面是大海，一派蔚蓝景象。让我们同行。

穿着 32 年前的回力球鞋外出散步

　　以前，我每天游泳，身体各项指标基本正常。我多次跟文学同行们开玩笑，说这辈子写不到巴老那份上，也要活到他老人家那寿数吧。

　　今年元旦游泳馆关门装修，声称两个月完工。我估计此言不实，一拖肯定三四个月，便打算去别的游泳馆度过"旱季"，保持"水族"身份。

　　赶上忙于杂事，便拖过春节。一懒，就宅在家里。三月初 B 超查体，手持扫描仪的医生略显惊诧地说：脂肪肝，中度！我知道这是"宅"出来的毛病，也知道医生为何略感惊诧，因为我的体形不像患中度脂肪肝的人。

　　只好恢复锻炼了。游泳馆果然没有按时完工。我只得改为走路。依照民间健身法则，据说每天散步至少一小时，否则无效。我便选择了住家附近的堆山公园。堆山公园是俗称，因为这座土山人工堆土而起。

　　我每天沿着公园的外环路行走两圈。加上我的往返路程，大体五公里吧。走了几天，感觉挺低碳的。我认为必须拥有几双散步鞋，就翻箱倒柜寻找存货。我意外发现一双半旧的白色回力球鞋，沉睡在一只陈年盒子里。

　　绿色胶底，半圆形红色标签，正是当年风行全国的上海产回力球鞋，那时青年人穿上这样的"白回力"乃是最大时尚。

　　我仔细打量这双人老珠黄的昔日名牌，发现它尘封多年，仍然显得很结实。我开始静心回忆，计算这双球鞋的年龄。

　　我被计算结果吓了一跳：它至少 32 岁了。也就是说早在 32 年前我已然将它穿得半旧，鞋底"回力"二字磨损不清。我不知道这么多年为什么没有把它扔掉，无意间雪藏至今。

是的。我最后一次穿着它上场打球是 32 年前。之后我离开工厂调入机关，再没打过球赛。在世博会参观篮球强国立陶宛馆，金发碧眼的展馆小姐见我身高将近一米九，便邀请我投篮，说有奖品。我完全忘记 32 年没摸篮球，自以为是地接过篮球就投，于是投出一个"三不沾"，羞臊而去。

我穿好这双 32 年前的半旧回力球鞋，在房间里试着走了两圈儿，感觉很好。我的最大疑惑是：32 年了它怎么还这么结实？甚至远比岁月结实。之后我渐渐明白，这些年我接触伪劣产品实在太多，因此对这双回力球鞋的寿命心存疑虑。对一双胶质球鞋来说，存放 32 年确实具有古董性质，何况是半旧状态。

于是，上网搜寻有关回力球鞋的信息，发现当下怀旧思潮汹涌澎湃，人们对这种象征激情燃烧岁月的名牌球鞋大加赞赏，甚至出现网购热卖。

受到这种怀旧思潮的鼓舞，我对这双出土文物般的回力球鞋倍感亲切，胜似失散多年的亲人。

一天下午，有风，也有太阳，我决定穿着这双 32 岁的白色回力球鞋去堆山公园走步。其实堆山公园正式名称南翠屏公园，取与蓟县翠屏山对称之意。人们还是叫它堆山公园，已经很难改嘴了。

当年的回力球鞋平底设计，与现今诸多名牌相比，它与地面更为亲近。我从车流滚滚的立交桥下走过，大步进入堆山公园。这时候我猛然意识到，脚下的回力球鞋 32 岁了，这说明我的确是拥有一把年纪的男人了。可是在师长们眼里，我可能尚属年轻，面对八零后和九零后，无疑我长了辈分。

然而，穿着这双 32 年前的球鞋，我似乎增加了弹性，一蹦一跳行走着，大有重返青春之势。

32 年了，我经历了一次次人生挫折和命运打击，留下许多刻骨铭心的记忆，包括爱我的人和我爱的人。一瞬之间，我觉得愧对这双回力球鞋。它毕竟默默等待我 32 年，沉睡在昏暗的盒子里。如果不是游泳馆装修我改为散步，恐怕今生难以邂逅了。

从而我想到文学，尽管我不如当年那么热爱它，依然心存感恩。多年来正是文学精神母亲般帮助我闯过一道道有形与无形的难关，时刻鼓励我保持人生良知与生活信念，无怨无悔。

此时，脚下这双昔日名牌球鞋，也在无声地告诫我：人生道路漫长，不要消极不要气馁不要抑郁不要沉沦，迈开步子朝前行走就是了。尽管文学被边缘化，它还是没有停止行走，自身依然放射人性的光芒。于是，我被这双高龄的回力球鞋感动了，也为自己32年的路程反省着。

迎着夕阳，我驻足思忖，心中陡添感慨。这双昔日名牌球鞋毕竟等待我这么多年，此间它丧失了多少奔腾跳跃的大好时光啊。尽管人生在世便意味着不断丧失，我还是对它的命运不乏感慨。

黄昏时分。西边的大太阳无言地坠下。我朝家方向走去。一个个陌生人与我擦肩而过，其实我也是他们途中一个陌生人。我穿着32年前的回力球鞋终于明白，太阳的方向，永远是人类的方向，无论升起还是落下。

鞋在，路就在。鞋与路互生。路在，就有前方。前方是路的等义语。即将落尽的大太阳不懈地挥洒着光辉，普照广大，温暖我心。

穿着32年前的回力球鞋外出散步，如乘信风，如逢故友，其幸大焉。

第三辑

作思考状

相当于副蒙童

　　大约十年前我买了一册《龙文鞭影》，随便翻了翻，也没往心里去。后来我又见到《幼学琼林》，这次用心看了看，知道它是以骈俪句式编写的各种知识特别是历史文化知识的读物。属于当年童子开蒙的书，用今天的话来说就是学龄前儿童的教材。看来我老大不小的，还是有几分童心童趣的。

　　由于知道《幼学琼林》的阅读对象是蒙童，我找出《龙文鞭影》看了看，知道它原名《蒙养故事》，同样也是一册当年用于家庭教育的书籍。该书收辑两千余则典故，内容涉及古代政治、军事、道德、文艺、儒林、方术等方面，著录了中国历史上著名政治家周公、管仲、汉高祖、诸葛亮、唐太宗、魏徵、王安石、包拯、海瑞等，著名军事家廉颇、李牧、韩信、卫青等，著名文学艺术家司马迁、司马相如、陶渊明、李白、杜甫、白居易、欧阳修、司马光、范仲淹、苏轼、辛弃疾、顾恺之等，著名思想家孔子、董仲舒、韩愈、朱熹等，著名将领霍去病、祖逖、李纲、宗泽、岳飞、文天祥等人物事迹，还有诸如孟母断织、毛遂自荐、凿壁偷光、程门立雪、董永卖身、红叶题诗等历史上广为流传的故事，自明代以来便"有裨幼学"而"逸而倍功"。

　　翻开《龙文鞭影》我看到正文全用四言短句，上下两句对偶，各讲一则典故。比如"亡秦胡亥，兴汉刘邦"、"阮籍青眼，马良白眉"、"存鲁端木，救赵信陵"，逐联押韵，琅琅上口，便于蒙童过目成诵。

　　我用心读进去，渐渐出了一身汗。我的出汗跟天气无关，是心情。我的心情完全可以使用"如坐针毡"加以形容。因为，全书以四言两句结构自然镶嵌在《龙文鞭影》里的典故，至少百分之九十，我不懂。说不懂是客气，索性说就是有百分之九十我以前不知道。

于是放下《龙文鞭影》去翻《幼学琼林》，随手翻到卷二《师生》章，我读到"民生在三、师术有四。执经问义，事若严君；鼓箧担囊，不辞曲士。"还是不大懂，或者说还是不大知道。

掩卷沉思，我开始宽慰自己。新文化运动推行"白话文"，陈独秀、胡适、鲁迅等等一大批文化大师为此作出巨大贡献。余生亦晚，乃是新中国实行简化字之后进入小学识字的。不认识繁体汉字，不会用四角号码查字典，不会用毛笔写字，更没有"对对子"的童子功。青春期适逢"批儒评法"运动，我确实零星看过《名贤集》和《弟子规》什么的，那也是大批判的眼光。以我的这种成长经历，今日读不懂《幼学琼林》和《龙文鞭影》，当属正常吧。尽管这两册书当年均为蒙童读本。于是心中释然。

转念一想，我是什么人呢？我竟然是拥有正高级职称的"一级作家"（据说有人加上国家二字成为国家一级作家，看来还有地方一级作家），我竟然还是享受国务院特殊津贴的专家，简称享受"政府特贴"。我每每发表作品便在作者简介里极力表明"发表文学作品八百余万字，出版书籍计十几种"云云。有时还被媒体称为"知名"或"著名"作家，无疑忝列知识分子阵营。

我以小说创作为主业，兼写散文随笔之类文字，偶尔还写过剧本什么的。饭后茶余，常怀沾沾自喜之心情。以此职称、荣誉、经历，我似乎不应当没读过或者读不懂当年人家用于童子开蒙的课本吧？当然，我的职称可能含有不少水分，我的荣誉可能名不符实，我的经历可能少闻寡见。我的情况可能并不代表我们这代"作家"的先天不足。

抱定这种判断，每当我看到那些志得意满的所谓作家，便坚决认为他们属于学贯中西的有识之士，琴棋书画无所不能，古籍洋文无所不精，莫说《幼学琼林》和《龙文鞭影》，就是"经史子集"外加《大不列颠百科全书》他们也倒背如流，否则怎么会满脸自以为是的神情呢。

如此想来，我再度释然。我的寡闻少学在当今中国作家队伍里绝对属于极少数，或者说就我一个。别人都不像我这样滥竽充数——会编几个故事会写几个人物就成了所谓作家，而且经常不知所云地去给人家讲课，以一流作家自诩作诲人不倦状。借用《幼学琼林》里的句子，那些以作家文人自居的文学从业者们个个都是"多才之士，才储八斗；博学之儒，学富五车"。

但是，若以自我批判精神将鄙人列为个案，以我没读过或读不懂《幼学琼林》和《龙文鞭影》为考核标准，问题可能就严重了。借用如今"相当于副局级"的流行句式，我为自己评定职称为：相当于副蒙童。

我给自己评定这样的职称并非自我调侃，因为调侃更需要睿智与机辩，我还没有那么大道行；我也并非自我嘲讽，因为自嘲不光需要勇气更需要哲学境界，我还没有那么大修为；我也没有影射当今文坛浅薄之意，因为影射更需要丰富学识，我还没有学会拐着弯儿骂人，或者骂人不吐核儿。我只会实话实说：我的文化根基之窘迫绝非捉襟见肘所能形容。然而，弘扬中华民族传统文化必须从我这样的人做起——也就是从副蒙童做起。

是的，我必须从副蒙童起步，争取早日转为正蒙童。

看青春版《牡丹亭》

知道白先勇的名字，先是看了以他同名小说改编的电影《玉卿嫂》，记得那是十八年前在北京小西天的中国电影资料馆。电影的最后一幕是玉卿嫂杀死男友庆生之后手持尖刀的镜头，至今历历在目。

后来，我读了不少白先勇的小说，譬如《永远的尹雪艳》，还有《游园惊梦》什么的，很佩服。

这几年读报，渐渐知道白先勇先生不光小说好，还喜欢昆曲。他的一篇文章里谈到当年在上海观看名家昆曲，那感受宛若仙境。

关于昆曲我只看过电影《十五贯》，戏里家喻户晓的人物是娄阿鼠以及屠户油葫芦。同时我还听人说，常言道"文武老生，昆乱不挡"，这"昆"即指发源于江苏昆山一带的昆曲，"乱"则指乱弹，都是拥有几百年历史的剧种了。尤其昆曲，已有四百年光景。自从二百年前徽班进京成了气候，京戏崛起，昆曲式微。然而愈式微，愈显得高贵典雅。多少年来喜好昆曲的人士从来没有绝迹，颇有遗老之感。据说昆曲还有南昆北昆之分，我就不懂了。记得当年扮演阿庆嫂的洪雪飞女士好像就是唱北昆出身，可惜后来死于新疆的一次车祸。

前一段时间，媒体频频报道白先勇先生主持制作了昆曲的青春版《牡丹亭》，在上海演出大受好评之后抵达北京大学。我一时不能明白青春版的含义，大概是面对大学生吧。

忽如一夜春风来。白先勇先生率领江苏省昆剧团的青春版《牡丹亭》

离开北京大学到达天津，公演于高等学府南开大学，一场大戏分成上中下三本，连演三天。天津是京剧大码头，此番南昆乘风北上，名剧名家名角，绝对是盛世的盛事了。

既然是青春版当然是献给青年人的，中年的我便不敢奢望能够亲临现场瞻仰这一场好戏。郁闷。

然而好戏竟然从天而降。那天上午林希先生打来电话，说他手里有戏票愿意忍痛割爱于我。一票难求。我喜不自禁，怀着老鼠爱大米的心情跑到林府。仁者爱人。林希先生不但赏了戏票，还反复叮嘱我一定要提前进场，因为戏票不是对号入座，晚了没有好位置。可巧这几天适逢天津市经济适用房开盘销售，报载购房者夜以继日排队，晚了便没有好楼层了。同理可鉴，看戏如购房。

我提前十五分钟走进剧场，已然爆满。由于不对号入座，人满为患。偶有空位，上面摆着水瓶啊书包的，谓之占座。我看到一个女大学生就这样占了五个座位。此情此景蓦然勾起我童年记忆——计划经济时期老太太们排队买豆腐正是这样占位的。开戏之前，我努力驱逐着记忆世界里的一块块豆腐，唯恐它坏了高贵的青春版《牡丹亭》。这时候，局面愈发严峻起来。

不知由于发票过量还是检票不严，反正进场的大学生们明显超出剧场能够承受的规模。放眼阶梯剧场宛若山坡，一时间漫山遍野栽满了青春版的观众。我慌忙在剧场通道的水泥台阶上落座，庆幸获得立锥之地。很快剧场通道上便坐满了大学生们。回头望去，摩肩接踵的密集人群令我不敢睁眼，几乎接近马三立相声《卖挂票》的场面了。这时候我恍惚觉得自己不是坐在剧场里等待典雅优美的《牡丹亭》演出，而是坐在人头攒动的体育场看台上等待一场足球比赛的开始。正是：挥去了豆腐，又来了足球。就是没有清丽鲜亮的《牡丹亭》。

这时候我弄明白了，白先勇先生的全本《牡丹亭》在南开大学连演三天。一天演九出，三九二十七出。林希先生看了第一天的留下第三天的，恰恰将第二天的戏票送给我看了。他老人家吃鱼头留鱼尾，却把鳎目中段送给了我，可谓义薄云天。转念一想以鳎目鱼比喻人家白先勇先生的青春版《牡丹亭》，实在有辱斯文。

终于开戏了。我赶上的是《牡丹亭》中本，从《冥判》到《回生》，九出。由于平时听过几次京剧，我能看出饰演小鬼儿的演员们"武把子"功夫不到家，一翻便身形不稳，略显走畸。

戏是好戏。剧场里的大学生们热情高涨，从开戏就掌声不断。杜丽娘出场的时候，掌声一片。我知道这绝不是行家们的碰头彩。果然，那四位花仙出场，掌声竟雷动了。这四位花仙属于龙套，竟然赢得了远远超过女主角的掌声。真应了人多势众的道理。更令我惊讶的是大学生们对戏文的热烈回应。譬如"欲火近干柴"，譬如"春怀难遣"这样的唱词竟然引发全场笑声。我真的"不知所云"了。当代大学生的单纯，你不到现场那是无法感受到的。这种单纯与现场的热烈情绪混杂一起，使你并不觉得他们特别肤浅。

过度的掌声与不合时宜的笑声，加之超越极限的人群密度，或多或少影响了中年人看戏。第四出《拾画》，柳梦梅的一段优美唱腔似断欲续，却被充满青春气息的大学生们的热烈掌声淹没了。我看到饰演柳梦梅的小生演员俞玖林脸上似乎也掠过一丝惊诧。我坐在水泥台阶上终于明白了，无论什么事情，只有热情是不够的，包括热情满怀的白先勇先生。

演罢第四出《拾画》，剧间休息十五分钟。我走出人满为患的剧场，去大厅放风。这时我看到一男一女两位记者模样的年轻人手持录音话筒采访一位女大学生，问她以前知道白先勇多少，女大学生为难地回答说，只知道一点点。

我不知道一点点意味着多少。我只知道关于复兴昆曲，我们不光缺少昆曲观众，更缺少复兴昆曲的环境。

我们也不是缺少花，而是缺少花窖。

话说《鼠年》

　　一连串的日子，就这样过去了。我终于写完了《鼠年》。屈指一算，我在家里坐了整整三个月。其间我出去了几次，走到人群当中。最终还是回到这个房间，静静坐在电脑前，用男人的手指敲击着键盘，屏幕上现出一行行文字。有时候，我觉得自己是在织网。就在长篇小说收尾一霎间，我觉得自己已经被织到网里去了。体味到灵魂出窍的感觉。那感觉其实是一种麻木。

　　于是，我在这部长篇小说后记里对读者诸君说：如果你是魔鬼，这本书就是写给你的。如果你是天使，这本书也是写给你的。如果你夜里是天使，白日是魔鬼，那么就请你将这本书送给你的母亲。她日夜都在注视着你，也注视着这部我用电脑写出的长篇小说。

　　电脑是个好东西。从前用笔写作的时候，有一种无援的感觉。因而写作成了极其孤单的自我行为。当然，还有稿纸和笔。如今面对电脑，我总觉得眼前有了对应物。我看着它，它也看着我。就这么对视了三个月。我渐渐懂得了，什么叫"对影成三人"。

　　就在写《鼠年》的过程中，电脑出了几次毛病，给我带来了一些小小麻烦。我打电话将电脑出现的这些毛病说给我的同行们听。他们都认为我的电脑出现的这些毛病是不可思议的。也就是说我的电脑是绝对不该出现这些毛病的。我心里暗想，莫非是我出了毛病？于是，我觉得电脑是我的对手了。以前写作，对手仅仅是自己。如今就不同了。你面前添了一个随时都可能与你做对的家伙。它可能在你最需要支持的时候，背叛你。这时你会觉得电脑是个坏人。这是多么有意思的事情啊，当你写作的时候，还要提防着这个时刻都有可能败坏你的家伙。而你又必须与这家伙同行，谋求合作。电脑以第三者的身份参与了你的写作。

这样，写作的过程就愈发显现出一种苍茫的意味。

这真成了当今文坛的一个曲折写照。怪不得有些大作家都不敢使用电脑呢，他们一定是承受不了这种刺激。

有时，你会认为电脑不仅仅是物质的，它也具有精神。它也是一个人，一个拥有灵魂的人。有时，你会产生战胜电脑的欲望。有时，你几乎无法想象电脑写作的真正含义是什么。它可能仅仅只是一个过程而已。

我记得有那样一个夜晚。

只要是夜间写作，逢子时我便去阳台站一站。我住在顶楼，我楼上的邻居，白日是蓝天，夜晚就换成一片星星。站在阳台上，我想到自己戒烟已经三年多了，嗅觉又重新变得灵敏。我朝外边望去。夜深人静，空气之中游动着一种无形，这是你在白天根本无法察觉的。那种无形，它究竟是什么呢？我丝毫也说不清楚。面对夜色，我就默默站立着，心里一派空茫。

有时我就在心中问道，你为什么要戒烟呢？于是努力回忆三年前戒烟的情景。已经回忆不起了。三年后的今天，我才知道这是一个定数。人世间最为强大的，就是时间。

从阳台回到电脑面前，仿佛要走很远的路。其实近在咫尺。那个夜晚，就在我从阳台回到电脑前一刹那，我脑海里闪过了一个令我大吃一惊的念头。

我今后几十年里所要写出的小说，此时都已经装在我的电脑里了。我每天的写作，只不过是将那些早已藏在电脑里的前世已定的故事一行又一行显示在屏幕上而已。我在有生之年所做的一切，电脑早已成竹在胸。它无时无刻都在注视着我，看我如何将那些早已前定的东西从电脑里搬运出来，举到读者面前。

这就是我唯一能做的事情吧！如果真是这样，那么有时我认为电脑出现的毛病，可能恰恰是我的一个错误。在沉默是金的时代里，电脑也无言。而我却成了一个滔滔不绝而又强词夺理的人。真是该掌嘴了。

唯一值得庆幸的是，我从来没有产生过拆开电脑的念头，去提前看看在我八十八岁的时候，应当写出什么样的小说来。

如果我那样做了，就不是一种好奇心理了，而是招怨。我知道在时间隧道里，我早已完成了自己。

不该知道的，就不要问。好像小时候外祖母对我说过这样的话。她老人家十五年前于欧阳修所说的"环滁皆山也"的地方仙逝，享年九十六岁。

是的，我只知道适逢中国鼠年我写完的这部长篇小说名叫《鼠年》。除此之外，我什么也不知道。我知道自己可能是个来历不明的孩子。当我咿呀学语的时候，人们却发现这个孩子已经拥有五百年阅历。我是孩童，却有着比历史更为古老的心灵。我那比历史更为古老的心灵，竟令我永远无法长大。于是，我时时都感到自己是住在一只玻璃瓶子里。于是，我就选择了写作这个行当。

这就是我的一纸简历。除此之外，我什么都不知道。你就是将我拖上老虎凳，我也什么都不知道。你就是对我施以美人计，我也什么都不知道。

不该知道的，就不要问。我的外祖母真的这样教导过我。我已经将这句话输入我的电脑。以此告慰她老人家在天之灵吧。阿弥陀佛。

谁能来打碎这只玻璃瓶子呢？

文化的烦恼

一、订报

关于文化能够给人带来莫大烦恼的话题，已经不新鲜了。我要谈到的关于文化的烦恼，是读书与看报的事情——有时候令人哭笑不得。

先说读报吧。为了能够读报，你必须花钱订报。我也如此。记得二十多年前吧，也就是20世纪的70年代初期，我只有十八九岁的样子，就已经是报刊订户了。我住在一座大杂院里，订了《新体育》《学习与批判》《光明日报》……堪称城市贫民区的订报大户。记得每当我订的报刊经邮递员送到大杂院里，立即呈人人传阅状。尤其是报纸，有时候传到我手里的时候，此前至少已经被三户邻居遍读了。尽管人们喜欢读报，但在那座大杂院里我始终是唯一的报刊订户。别人是不花这种冤钱的。

这是我的一段美好记忆。

如今，我成了一个从事写作的手艺人。手艺人可以不订阅报纸杂志什么的。可是从事写作的手艺人，毕竟与其他手艺人有所不同。说一句如今时髦的话语，那就是我必须通过阅读报刊以了解市场信息。譬如说文坛上来了一群宝贝的信息，我就是从报纸上得知的，当然不是《精品购物指南》。

我订阅报纸的主要目的是不想成为一个与世隔绝的人。有人说真正的作家必须是孤独的。我认为作家无论真孤独还是假孤独，报纸还是要看的吧。于是我仍然坚持订报的习惯，至今。

却是遇到了烦恼。起初，我不知道邮局存在漏投的毛病。什么叫漏投？

就是到时候你的邮箱里见不到你应当见到的报纸。说得更为赤裸裸，就是你花钱买东西，对方收了钱，却不给你东西。

这就是我理解的邮局报刊漏投的基本定义。

其实我订的那几种报纸，并非日报。譬如《中华读书报》和《中国图书商报·书评周刊》，就属于周报，而《文艺报》则是一周三张。因此，很难发现邮局什么时候出现漏投。发现邮局漏投完全是出于偶然。于是，我就给负责投递的邮局打电话，说我订的某年某月某日出版的某种报纸没有收到云云。接电话的这个人表示，查一查。从此，就没了音讯。

过了几天，我主动给邮局的那个人打电话，询问事情的进展。对方不急不躁，承认可能是邮递员漏投了，并且表示由于漏投的那种报纸是北京出版的而且发行量不高的外埠报纸，因此无法采取任何弥补措施。放下电话我终于明白，我必须接受这样一个现实：花了钱买东西，然而卖方并没有将东西给你，而且还告诉你这东西永远也给不成了。于是心里开始生气，最后决定打电话向邮政管理局投诉。

这个投诉电话，打得太好了。当天下午邮局就来三个人，据说其中还有基层负责同志。他们向我道歉，并且将那份漏投的北京出版的而且发行量不高的外埠报纸补送到我手里。我一下被感动了。

尽管被感动了，但我从此还是提高了对这座城市邮政投递系统的警惕，开始观察并且发动家人留心漏投事件是否再度发生。

果然，漏投事件又发生了。于是，我的心里增加了新的烦恼，那就是还打不打投诉电话。就说上次吧，打了投诉电话之后，人家就登门道歉补送了报纸，而且态度极为诚恳，并声称回去一定要将那个失职的投递员解雇。我若再给邮政管理局打投诉电话，岂不是跟奋战在我市邮政投递战线上偶有失误的好同志过不去吗？俗话说吃亏常在。算了吧。

于是就算了。过了一段时光，我接受了《中国图书商报》记者马萌的长途电话采访，谈了一个很有意义的话题。马萌说他要写一篇访谈，发表在他们报纸上。过了很长一段时间，关仁山打来电话，说看到了《中国图书商报》上关于我的访谈。我说不可能，如果发表出来我是一定能够看到的，因为我订了这种报纸。仁山告诉我是5月9号的《中国图书商报》。

放下仁山的电话，一查。怪不得我不知道文章已经发表了呢，原来5月

9 号的《中国图书商报》，又漏投了。

紧接着又出现了我发表文章的某天的《文艺报》的漏投。我只得给负责投递我报纸的邮局打电话，询问这两次漏投，对方仍然说查一查。于是又没了音讯。

我也没给邮政管理局打投诉电话。因为我知道，如果我坚持以打投诉电话这种方式捍卫自己的订报的合法权益的话，我肯定将成为世界最为繁忙的人。面对坚硬如铁的现实，我选择软弱放弃。

然而心理还是有不平衡的时候。那天我去邮局发特快专递，与一位白发老者攀谈起来，谈到报纸的漏投给我带来的烦恼。

白发老者看了我一眼，十分冷峻地说：谁让你必须看报呢，谁让你有文化呢。

我真不知道他老人家的这番话，是对我的忠告还是对生活的反讽。

二、买书

你以为读书就没有烦恼啊？有。读书之前，是买书。我说的不是买书难的问题。买书难当然属于烦恼之列，但本身也包含着乐趣。试想，你千方百计终于买到朝思暮想的书籍，持续已久的烦恼顿消，继之而来的无疑是莫大的乐趣。

因为，你终于得到了。

因此，我认为买书难的烦恼不是终极意义上的烦恼。毕竟总有"图书到手，心满意足"的那一天嘛。烦恼终将转化为快乐。

关键是你要善于等待。等待什么呢？当然不是戈多。

说一说我等待《中国京剧史》的趣事吧。

这套书分为上中下三卷。上卷与中卷 8 年前就出版了，我买了。认为这是一套好书。有用。于是我便开始了漫长的等待。等待什么呢？等待下卷的出版。

其间，大约是 1996 年我还给出版《中国京剧史》的中国戏剧出版社发行科写信，询问下卷的出版时间。发行科的同志很热情，很快就给我回信，说明年。我就继续等待下去。说心里话，这种等待的状态，很有几分味道。它使你心里总怀着那么个念想——情人似的。

等待，真好。有时候我甚至觉得长久的等待，远远比最终的获得更有滋味。等待真好。

一晃又是 4 年。我终于懂得了"光阴似箭"这句话的含义。

2000 年初，我从图书目录上得知，我等待已久的下卷终于出版了。于是我径直奔向当年购买上卷和中卷的书店，购买下卷。

果然，我等待多年的《中国京剧史》下卷，赫赫然陈列在书架上。我居然采取越位战术——伸长胳膊从前面顾客的头顶上方，嗖地从书架上抽出下卷，转身就去交款。

书店的营业员告诉我，这次出版的《中国京剧史》上中下三卷不能单独发售，因为只有一个定价。

我终于明白，我必须购买上中下三卷的《中国京剧史》，光想补齐下卷是不可能的。于是，心里顿时愤怒起来。久久等待了 8 年，我居然不能单独购买下卷。这真是辜负了自己人生的大好时光啊。

与营业员交涉，说这样不公平。营业员表示爱莫能助，因为书店毕竟只是卖书的。人家出版社怎么定价书店就怎样卖呗。

我站在书店里，终于动了购买上中下三卷《中国京剧史》的念头。可转念一想，不行。这样做岂不是废了家里的上中两卷。那两卷书跟了我 8 年，犹如发妻，糟糠不下堂，万万不可无理废除啊。再说我若这样做也属于图书浪费行为。不买，坚决不买。

我走出那家书店，发誓从此之后不再进它的大门。尽管我这样有几分小题大做，但毕竟反映了当时心态。8 年，我真的成了等待戈多。

决定忘记这件事情。但忘不掉，想起来心里就别扭。《中国京剧史》的完整出版乃是中国出版界之大喜事，却成了我的心病。

有时候就在心里挖苦自己，说自己是个守财奴。又不是花不起那一两百元钱，为什么不去买一套上中下三卷完整的《中国京剧史》从而了结此事呢？

继续坚持，不买。仍然是却下心头，又上眉头的样子。

大约是上个星期日，我的儿子晓雨突然告诉我，《中国京剧史》终于出版了单独定价的下卷，您快去买吧。

我很诧异，问晓雨怎么知道我的这份心思。

晓雨回避了这个问题，说您快去买书吧，都等了这么多年啦。

我心里高兴了。中国戏剧出版社最终并没有将它的老读者们抛弃。至于我的这段等待时光，则愈发具有滋味了。

嗯，买书去。还是去当年的那家书店。

老公的泛滥

我们国家的地域方言，东部西部不同，北方与南方也存在差异。我们叫母鸡，南方叫鸡婆，北方公鸡到了南方则成了鸡公。豫鄂接壤地带有一座鸡公山，就是北方公鸡山的意思。这种语言差异属于倒装结构，并未游离本义。说起南北差异最大的，我以为是本埠的老公一词。

我居住的天津这地方以前称太监为老公。当然这是过去的事情了。小时候我随祖母看京剧《狸猫换太子》，老陈琳出来了，她老人家小声给我讲解剧情说，这是个老公。后来港台宫廷题材电视剧里大量出现的张公公、李公公，基本也是这个意思。老公，就是太监。

我小时候住家附近有一个走街串巷卖报纸的男子，记得人们指着他的背影窃窃私语，说他以前是个老公。如今回忆，那位老公可能是清廷最后一拨小太监了。然而无论大太监小太监，天津人都叫老公。帝制消亡百余年了，代表太监的老公一词也在天津人口头消逝了。

这些年来，港台粤闽文化勃兴。以前多有英语学习班和日语学习班，渐渐也出现了粤语学习班。地域经济的发达往往带来地域文化的强势走向。

南风北渐，随着"爱人"的消逝，"老公"广泛出现在中国女士们的嘴头。无论叫卖青菜的小贩还是坐写字楼的白领，开始称自己丈夫为老公了。渐渐，民间方言入侵主流话语，就连中央电视台也大量使用老公了。譬如《幸运五十二》和《开心辞典》那样的收视率很高的节目，每当介绍到亲友团的时候，女士一律称自己丈夫为老公，幸福之情溢于言表。当然，这种称谓与我说的太监绝对没有关系。我要说的是文化的层次。

我以为，文化是分层次的。比如牛仔裤再好，无论西方东方，都没见过哪位先生穿着它出席国宴的。比如夫妻之间的昵称，也很少使用于公共场合。这就是文化的不同层次。我说的不同层次，本义为区分，既指人物区分也指环境区分，不含贵贱高低的意思。比如一九九六年我土包子进京第一次参加"作代表"，上午看到坐在主席台上的大作家们一个个身着浅颜色西装，到了晚间宴会则换成深颜色，顿时明白西方晚礼服的用场。白天与晚间不同，这便是区分的意义。

据我所知，以老公称呼丈夫，也是应当区分场合的。巴金夫人萧珊女士，从恋爱到结婚以至弥留之际，多年如一日称呼巴金为先生，当着外人则称李先生。这就是特定的人物区分与特定的环境区分。我也见过许多老干部夫妇，多年不改革命传统均以老张老李称呼对方，自然而大方。日常生活中夫妻互称"孩儿他妈""孩儿他爸"，同样充满世俗生活的乐趣。这都是不同文化层次区分的具体表现。

我们平常所说的不同文化，其特征就是互相区分。有区分，生活便出现多样化。有雅有俗。该雅的时候就雅，雅得落落大方。该俗的时候就俗，俗得自然家常。就是不能一锅烩。前几年出现的穿着睡衣上街，就是文化大杂烩的混乱表现。倘若没了区分，这个世界不但不美丽甚至走向反面。追求个性化的生活，并不等于"浑不论"。尤其是以东方含蓄内敛为性格特征的中国人，应当是以恰当的区分来体现我们的生活价值和情趣的。尽量不要出现邵燕祥先生所说的普遍粗鄙化。

我也接触过海外华人女士，她们并非不分场合一律高呼丈夫为老公的。因为老公的对偶词汇是老婆。而老婆这个称谓也不是能够应用所有场合的。因此，区分愈发具有实际意义。

我们在接受外来文化或者异地文化的时候，往往容易走了样子。祖胸露背站在马路边打台球便是一例。不加区分一概而论，这恰恰是我们应当加以警戒的文化现象。

老公一词的出现甚至滥用，印证了民间的力量。官方媒体对老公一词的接纳与采用，说明了民间词语对主流社会的浸润。这是文化的互动，这也是互动之中产生的错位现象。

酒杯里的男人

　　我喜欢酒馆的风景，是因为那里有着特殊的人生景象。星级酒店雅间里的推杯换盏，当然也是人生景象，但总觉得类似于塑料花朵，缺少味道。前者则是鲜花，充满了真实感。尤其是酒馆里的男人，完全可以成为社会学者研究中国男性公民的首选标本。

　　男人坐在酒馆里，只是一个孤独英雄。男人们坐在酒桌前，则属于一群豪爽的英雄。男人平日里，有家。男人们聚酒的时候，就没了家。天色很晚了，其实人人都想给家里打个电话，对妻子谎称今晚加班。然而谁也不好意思去打这个电话。此时与酒相比，家就成了酒糟。有了酒，还要酒糟干什么？

　　我认识这样的朋友，他坐在办公室里工作一天，至少要给家里打四五个电话，这是真正意义上的家庭热线。男人下班之后走出办公室，一般情况下是要回家的。倘若朋友有约，那么男人必然面临着十字路口的踟蹰。无论选择酒馆还是选择回家，堪称彷徨。因此，对于滴酒不沾的男人来说他的人生旅程只是单行道而已——回家的道路顺畅而乏味。因此，对于滴酒不沾的男人来说他的日常生活无疑缺乏最为基本的矛盾——就连与妻子吵架也难以找到物美价廉的导火索。这就是酒的魅力。

　　酒使男人成为勇士，尽管平时你是一个极其怯懦的人。我曾听过一个小公务员的故事。他在局里工作了三十年，唯恐树叶落下砸伤脑袋。但他仍然得不到提拔，心中积怨甚深。一次醉酒之后他终于爆发，竟然当众揭出领导们的丑事恶行，颇有当代焦大的味道。最具荒谬意味的是关于他的任命文件其实正在打印之中。既然当了焦大，任命文件立即改为处分通告。酒精，在这场人生游戏里充当了翻天覆地的重要角色。

酒使男人成为弱者。我们经常看到酒至酩酊的男人独自坐在路边嚎啕大哭——其实他在日常生活之中多次空手勇斗歹徒并获得"见义勇为基金奖"。男人因"有泪不弹"而成为硬汉。于是硬汉的哭声愈发具有煽情的魔力。酒精，正是令硬汉酒后哭得肝肠寸断的最佳药物。男人因不善哭泣而只得借助于酒。生活之中极善哭泣的男人，往往是滴酒不沾的。这就是酒的辩证法。然而中国的酒厂老板未必懂得这个道理——此时他正因妻子第三胎又生了一个女孩儿而坐在产房门外抹泪呢。

我在酒馆里懂得了这样一个通俗的道理：真正的男人应当学会哭泣；伪劣的男人应当对自己的哭声有所限制——至少它比噪音更让人心烦。

最为有趣的现象是，男人喝醉之后最为强烈的念头竟是回家，尽管妻子不会给他开门，即使开门也绝对不许上床。第二天醒来的醉汉，通常是躺在自家床上的。酒馆成了模糊的远景。这是自投罗网的典型范例。更加有趣的现象是男人在家中酩酊大醉的时候极少，醉得一塌糊涂的男人往往出自酒馆。这或许就是文艺理论里所说的，酒馆是典型环境，醉汉是典型人物。在典型环境里再现典型人物，其乐陶陶。

如今酒吧冲击了酒馆。然而作为饮酒大国，男人与酒是目前中国最为普遍的生活现象，也是最为复杂的人文景观。

激情行动

　　我不知道迄今是否已经有人打破这个记录，那就是在二十四小时之内两次经历飞机失事而大难不死。一九五四年一月，那个留着大胡子的美国人从熊熊燃烧的飞机残骸里爬将出来，脸上毫无惧色。他不顾伤痛，竟然指挥着人们灭火，现场的土著们都以为天神降临。

　　离开飞机失事现场，匆匆驱车一百八十五英里赶往乌干达的恩德培医院。主治医生在这个大胡子美国人的病历卡上这样写道：关节粘连、肠道机能紊乱、右肾挫伤、肝损伤、脑震荡、二度和三度烧伤……

　　几小时之后，他在病床上醒来。摄影记者已经将他团团包围，争抢着拍照。在此之前，这个世界已经用二十五种语言文字发表了他的讣告。

　　但是，这个人却没死。

　　这个人就是不死的欧内斯特·海明威。

　　是的。他的同时代人都认为死亡距离这位作家似乎极其遥远。只要他仍在行动，死神就无法追上他的脚步。如今，每当我们重读海明威留给人间的文字，似乎也能获得同感：海明威是不会死去的。因为海明威说过："一个人可以被打败，但是他绝不会被消灭。"

　　这是一个永远行动的巨人。行动，使他一次次面临灾难；行动，又使他一次次死里逃生。只有行动，没有空谈。甚至到生命的最后时刻，也还是只有行动（口含枪管然后扣响扳机）而没有空谈。人们无法想象，静止的海明威究竟是个什么样子。他那具有个人主义倾向的坚韧不拔的精神，使他一生的经历成为一部英雄传奇。电影《丧钟为谁而鸣》女主角的扮演者英格丽·褒曼说："海明威不仅是一个人，他代表着一种生活方式。"

海明威的生活方式，其实就是他的生命样式。海明威一生的行动，无不表现为大海般的澎湃汹涌，这就是生命激情。如今你无论是贫穷还是富有，都一样；读一读海明威吧，你立即就会明白我们的生活之中究竟缺少了什么。

虽然我们天天都在为生计而奔走，但这并不能称为行动。肠胃的蠕动与心灵的律动并不相同。作为一个常人，海明威一直都过着危险的生活，当战地记者、斗牛士、拳击手、赌徒、嫖客、非洲猎人、加勒比海渔夫。作为一个作家，他的作品所表现的都是本人行动的经历。如果有谁向海明威宣讲"作家深入生活"的大道理，那绝对是一种荒唐。海明威即生活。你看他那历经战火而伤痕累累的躯体宛若一座纪念碑，而碑文却都印在他的小说里。阅读海明威的时候，我曾经产生一个古怪的想法：倘若海明威一生从未动笔写作，那我们这个世界将是一个什么样子呢？没有《杀人者》，没有《乞力马扎罗的雪》，当然也没有《永别了，武器》和《老人与海》，什么都没有，从来就没有海明威这个作家。这样想着，就觉出自己这个想法的可笑——仿佛一个小孩儿担忧明天没有太阳。其实无论是"死于午后"还是"过河入林"，"太阳照样升起"。

是的，这个世界不可能没有海明威。任何与之相反的设想，都将显得毫无意义。无论欧内斯特·海明威一生是否从事写作，他的行动都将证明他是一个勇士。这个勇士本身就是一笔人类文化遗产。从这个意义上说，海明威首先是一个精神世界，是一种生活方式，其次才是一个作家。

因为海明威无时无刻不在充满激情地行动着。

一九一七年四月，美国宣布参加欧战。十八岁的海明威立即跑到募兵局要求参加美国赴欧洲参战远征军，却因眼睛曾经受伤而遭到拒绝。海明威渴望行动。翌年，他终于穿上了红十字救护队的军装，赴意大利参战。他激情澎湃，寄给母亲的第一张明信片上写着："非常愉快"。他寄出的第二张明信片写的是一个充满激情的句子："好家伙！我真高兴，我身临其境了。"

小小的巨人开始行动了。

他是一个"挂职"战士,不能直接参加战斗。一次他到战壕里分发巧克力,抄起一支步枪就朝奥地利军队阵地猛烈射击——这就是海明威的"处女作"。那时候他并不是一个作家。但他是一个战士。

就在他十九岁生日之前的两个星期,海明威中尉被奥地利军队的迫击炮弹片击中,他居然爬行一百五十码,回到自己的阵地。细碎而致命的弹片密如暴雨。多年之后海明威回忆道:"我那时候已经死了。我觉得我的灵魂正在从我的躯体里向外逸出。"野战医院里医生发现他一共中了二百三十七块弹片。经过手术只取出二十八块,其余的好似战争勋章镶嵌在他的肌肤里。他的身体看上去像一个筛子。

此后,海明威接受一次又一次手术,总共十三次。他愤怒地拒绝了医生锯掉右腿的建议。他的一个膝盖骨被打碎了,换上一块白金做成的替代品。他奇迹般下床行走,抚着膝盖说:"比原来的好。"

十年之后,他将自己的战争经历写成长篇小说《永别了,武器》。这时候他身上的伤疤已经由紫变白。而在这十年之间,他一刻也没有停止行动,就像是一股强劲的旋风。

只有行动起来,海明威才能充满激情。激情属于生命。毋庸置疑,激情是海明威通过他的小说献给我们这个世界的一份厚礼;同样,每每感到自己无法忍受激情匮乏的平庸生活时,海明威便去寻找激情。于是他青年时代就发出"海明威,酒满杯"的欢呼;于是他戴上拳击手套,在阳光灿烂的沙滩上与英国前重量级拳王交手;于是他爱上了西班牙成为一名斗牛士并写出以斗牛为题材的经典著作《死于午后》;于是他到非洲狩猎,选择的是黑色大陆最为凶猛的动物——豹子;于是他独自驾船出海,去深海捕捉马林鱼;于是他在参加第一次世界大战之后又参加了西班牙内战和第二次世界大战;于是他一生先后邂逅自己的四位妻子:哈德丽,波林,玛莎,玛丽;于是他伤痕累累却在反叛死亡的道路上奔走,而在他的小说中,死往往大于生……

在这个慵懒的世界上,几乎没有哪位作家能够像海明威那样"激情行动"。即使他风平浪静住在哈瓦那郊外的"了望田庄"里,作家内心涌动的巨大激情,我们从那一篇篇小说里也能听到瀑布般的轰响。

静止的巨人只不过是一座山脉。行动的巨人则是澎湃的大海。海明威的文风已经成为一个公认的创作流派：惊人的明快，惊人的纯朴直率，惊人的粗犷果断。海明威言简意赅：他想做第一流的作家，最海量的酒客，最忠实的情郎，枪法最准的猎手，深海垂钓的渔人。海明威的文风正是他的人格体现，他时时都在向人类世界呼唤勇气。他将自己的战场摆放在那台彻夜发出声响的打字机上。从事写作的时候，他仍然像一个猎人。他说："写作就像是猎狮。射这一头的时候就想到还要射下一头。"

同时他开怀畅饮从不节制，一杯接一杯，将酒神喝到自己的肚子里。第二次世界大战他随美军在诺曼底登陆，一直攻到法国首都。他领导着一支游击队进入巴黎一家因窖存美酒而出名的里兹饭店。他派人在门上写道："海明威占领好旅馆，地窖里美酒喝不完。"

世界上没有静止的海明威，世界上也没有单纯的海明威。

于是，多种角色在海明威身上统一起来。而贯穿各种角色始终的，是海明威身上那与生俱来的勇气。关于勇气，海明威自有独到的见解。他认为一个人的临危不惧，既源于个人躯体或者蔑视死亡的习惯，这可以成为人的第二天性；也来自形形色色的激情，譬如说人的自尊。这两者的结合，成为人类完美无缺的勇气。

因此，我们这个世界出现了作家海明威。

《多伦多明星周刊》编辑克兰斯顿认为海明威天生就是一个小说家。只要刺激，他什么事情都肯去做。他吃过鼻涕虫、蚯蚓、蜥蜴，以及只有野蛮部落爱吃的"佳肴"，这样做仅仅是为了尝一尝味道。为了给报刊写一篇理发技术学校的见闻，他伸出脖子就将自己的脑袋送到剃刀之下，让一个学徒练手艺。他将这个理发技术学校比喻为"免费者和勇敢者的真正乐园"。到这里来的人们必须"具有那种眼睁睁往死里走的真正的沉着和勇气"。

虽然只是写一篇小小的见闻，他也如同走上战场。这绝不是故弄玄虚，这正是海明威的风格。

无论是虚无的海明威还是迷惘的海明威，无论是硬汉海明威还是小情郎海明威，他终将走到死亡的大墙之下。阅读海明威的一生不难看出，他时时刻刻都在与死亡打交道，同时率领着自己小说之中的人物们。虽然他在自己的作品中大量描写形形色色的死亡，却不能说海明威对死亡充满热爱。人们所能看到的只是他充满朝气地活着。海明威最大的虚无杰作就是身上烙满死神的痕迹。当他一九二四年在巴黎遇到女雕塑家艾洛伊丝的时候，"死神痕迹"成为一种极致。

海明威与艾洛伊丝共用一间工作室。一天晚上他与她终于挤到一张单人床上。海明威不是圣徒，艾洛伊丝也不是圣女。这是黑暗之中的真实。

当曙光升起的时候，一丝不挂的艾洛伊丝拉开窗帘，阳光一下就将海明威的身躯镀亮。女雕塑家突然尖叫着，双手捂着眼睛坐在地板上。海明威身上布满第一次世界大战弹片的伤疤，好像一双双白色的嘴唇，吸吮着清晨的阳光。

她哭泣着。你太丑了。我的眼睛不能注视丑陋。

是啊，死神留下的痕迹，只有勇者才能够正视它。安德烈·马尔罗说："哥特人的头颅只有击碎之后，看起来更美丽。"

如果说艾洛伊丝是一个唯美主义者，她只能看到美丽的生命；那么海明威也是一个唯美主义者，他还能看到美丽的死亡。

海明威说："一个人只要反叛死亡，他就会成为天神那样的主宰死亡的人物，也就乐在其中了。"

一生都在行动的海明威，终于沿着死亡的大墙，朝前走去。他做过的事情太多了，多得仿佛什么事情都没有做。而他那留在这个世界的令人震颤的伟大著作，也好像是他无意之中挥手写出的。这就是我重读海明威的时候，突发的奇想。

毫不隐瞒，阅读海明威对我来说是一个难处。面对一个勇士，我自惭形秽。我总觉得人类历史上出现海明威这样的作家，就已经足够了。许许多多像我这样的人，大可不必成为文学从业者。海明威到达生命终点的时候，依然在行动着，而我的灵魂挂在一座腐败的阁楼里已然枯萎。面对时光，我永远被动；面对死亡，我只能顺从。于是我愈发不敢阅读海明威，我认为自己是一个彻头彻尾的懦夫。

丧钟为谁而鸣？

一九六一年七月一日，文学大师海明威就要完成自己最后一件作品。他知道是时候了，他要立即完成才是。没有人听到他哼唱《为我装满弹药，让我留在三师》。他穿着睡衣走下楼来。同往常一样，最后的这件作品他也要独自完成。

这就是对死亡的反叛。

他将那支双筒猎枪含在嘴里，同时扣动扳机。

"我就会成为继美男子弗洛伊德之后的最好看的死尸。"

海明威果然用的就是那支非洲猎狮的双筒猎枪。

这是他打响的最后一枪。

他终于写完了。

用作家的酸词儿来说，他封笔了。可是海明威从来不用这个词汇：封笔。

硝烟散尽。什么都没有。

真的，海明威只是开了一枪，打死一头雄狮。

这是他做的最后一件事情。

从狂欢节想到的

　　那天在一家草原风情的饭馆吃饭，内蒙古籍女服务员端来一碗"醋泡蒜"说，今天是腊八，请大家吃腊八蒜。众人听罢面面相觑：今天腊八是泡腊八蒜的日子，怎么刚泡就吃上啦？

　　看来，同为中国人对不同地域的风俗也是不甚了了，甚至以讹传讹。何况不同种族不同国家呢。保护和弘扬民族文化，真是我们面临的大课题。

　　近日从电视里看到，西方国家进入一年一度的狂欢节了。先是报道德国的狂欢节，这很令我感到意外。我们印象中的日耳曼人，古板而遵守纪律，冷静顽强的德国足球队便是写照。狂热奔放并不是他们的性格。看来我孤陋寡闻了，从电视画面上看到德国杜塞尔多夫市民的游行场面，我信服了。

　　继而便是报道巴西狂欢节了。电视新闻里播出里约州的桑巴舞大游行，那场面是真是动人心魄。以克制内敛为性格特征的中国同胞，很难能够如此狂欢。中国民间辞典里有"人来疯"一词，就是告诫人们不要在大庭广众之下"撒欢儿"。食勿言，睡无语，站有站相，笑不露齿，这是吾国吾民的行为准则。由此我想到，狂欢节是西方的洋节，跟我们无关。然而对照观看巴西与德国的狂欢节，又发现它们的内涵各有不同。首先里约州狂欢节的高潮节目是桑巴舞大游行，德国狂欢节便没有这项内容。由此说来，狂欢节在中国人眼里是洋节，而在西方国家，那是各自包含了极其强烈的本民族特色的。从这个意义上讲，巴西的狂欢节就是他们自己的本土节日，多年以来热度不衰规模不减，已然成为文化旅游"标志物"，吸引着各国游客前往观光。

由此想到我们的春节。有人惊呼保卫春节，也有人惊呼洋节冲击了我们的民俗节日，还有人说年味淡了，好似一杯白水，说法很多，不一而足。近来有学者撰文称我们的春节并不是由于受到洋节冲击而式微，主要原因是老百姓把年给弄淡了，同时政府也保护不力。我不知道应当赞同哪种观点。如果我们全民族都对自己的民俗节日加以热爱，那还用号召保卫春节吗？这就如同我们热爱母亲必然要保卫母亲一样。如果到了号召热爱母亲的时候，情况可能很糟糕了。

我没有去过德国，也没有去过巴西。我只是从电视里看到他们对自己节日的狂热投入，远远不是热爱二字能够概括的。因此我进一步想到，有人说生活节奏加快了，春节就淡了，有人说科学技术发达了，民俗就消逝了，有人说全球一体化了，我们中国传统文化就弱势了。这种种说法都有一定道理。只是当从电视里看到巴西的男男女女老老少少挤满了广场挤满了街道，忘我地庆祝狂欢节，我心里便不是滋味。我们曾经以"从正月初一到正月十五都是年"为荣。我却从电视新闻里听到这样的解说："德国的狂欢节往往要持续两个多月，然而高潮则在这几天的大游行……"

我以为，他们的狂欢节跟我们的春节一样，都属于本土民俗节日，也都处于全球一体化形势之下。我们的春节为什么味道愈来愈淡，而且淡得理直气壮呢？我不想上纲上线，但是我总觉得我们对待春节应当多一点点亲情才是，这毕竟是老祖宗传下来的节日——它不是再生塑料制造的。你把它弄没了，它也是无法再生的。当然有人会说我是国际公民，春节没了我们拿着护照去过巴西的过狂欢节去过英国的感恩节去过法国的复活节，还有元旦之前的圣诞节以及元旦之后的情人节，实在不行还有四月一日的愚人节。这当然可以。不过我们是中国人，中国人还是应当拥有属于自己的节日，就像人家巴西拥有属于自己的狂欢节一样。

但愿我们不要在腊八那天就吃腊八蒜，应当耐心等到除夕夜啊。

家的含义

很长的一段时光里，我一直认为"家"这个词汇的含义，就是自己而已。

那时候，我是个男孩子，很大的男孩子。

20 世纪 60 年代末一天下午，我在大街上闯了一个祸。事情的起因我已经记忆不起了，大概是我弄脏或弄破了一个男孩子的衬衣。那个男孩子似乎小我两三岁，十岁上下的样子。他扯住我的胳膊不停地哭着，要我一起去他家向老太太解释。我力图挣脱，但这个男孩子似乎是用他的全部生命揪扯着我。我只得同意与他一道前往。路上，我产生过逃跑的念头。

那男孩子身上穿着的是一件白绸衬衣。这在当时的孩子身上，无疑是一种奢侈。我就在心中暗暗羡慕这个怯懦的男孩儿，也羡慕那个给予他白绸衬衣的家。

我的出生地旧时属日租界，青砖楼房多而四合院极少。这个男孩子的居家则在天津老城里，就是庚子之乱八国联军用洋枪洋炮攻破的那个城池。如今早没了城郭。

那么大的一个四合院，两进式。我随那身穿白绸衬衣的男孩儿走过影壁穿廊过厦的，才知道这大院之中住的都是他们的叔伯一族。在泱泱然一个大家庭面前，我的自卑心理蓦然沉重。

我见到了那位老太太并解释了她爱孙之白绸衬衣上的罪恶系我所为之。那老太太相貌不恶，问我家里有什么人。

我的回答令那位老太太惊讶不已。

从此我才知道，家的规模，家的声势，家的气象，家的根深蒂固。家乃沉甸甸的历史也。

然而我却不大明了家的含义是什么。

北方中国有一句俗语：三亩地一头牛，老婆孩子热炕头。但这只是一幅北方中国农村的温饱图景罢了。人们对家的希冀和向往，不应仅仅停留在吃得饱睡得着的层面上。家的含义，印在大书里可能是一个内容复杂的词条。

在一个成年男子的心目中，家，意味着什么呢？不惑之年，我才渐渐懂得了一些道理。

家，可能代表一种生存。同时，家又可能是你觉得最为虚无的地方。当初你为了保持自我而建筑了这么一个巢穴。而在这个苦心经营的天地里，你的所谓自我恰恰全盘丧失。望着这个巢穴，你终于懂得了什么叫悖论。

是啊，家是一个好去处——它永不打烊。无论是恋家爱家还是恨家，它总是你醉酒之后一步三晃而唯一认识的所在。醒来的醉汉，往往是躺在自家床上。你回忆昨夜是如何酩酊的。男人在家中大醉的时候极少。可以说家庭收容醉汉而不制造醉汉。这就是意境与氛围的差异。

男人爱家有时出于一种自爱。这种自爱的根源可能又出于一种自私，你感到自己融入了一个整体而不可分割。你知道这个整体需要你。男人的狡猾之处则在于你更知道你需要这个整体。尤其是你失魂落魄的时候。

男人爱家，是因为你知道它已然是一个不可抹杀的现实了。其实击碎这个现实乃举手之劳也。不知为什么你不愿去击碎。这可能出自一种懒惰思想。尽管有时你愿意将自己比喻成假牙，但最终你还是将自己镶在家里。

不要家庭的男人，可以称为当代真正的无产者。无产者无国籍。无产者无国界。于是你可能赢得一种空前的主义和自由。

然而这世界上毕竟恋家的男人多。

虽然说恋家与爱家不是同一概念，但男人之所以没有舍家而去，正是因为在这个世界上，家是你唯一可以毫不讲理并撒野犯浑的地方。我们许多在外道貌岸然的作家，深知此理。

男人恋家，还因为在这个世界上，家是你唯一自愿当牛做马的地方——你的儿子在你的脊梁上成长为一名出色的驭手。

男人爱家，你可能一生都意识不到这是一种什么情感。你的矫情经常大肆宣扬家是一个多余的地方。有时你又声称自己是家庭中多余的人，于是一个多余的人每天都到多余的地方去。家是一个无奈，你时时走向无奈。家是一具枷锁，你大义凛然锒铛入狱。

家，是男人旅途中打回来的一个长途电话。其实你没有什么话要讲。你只想身隔千山万水听一听熟悉的声音——墙上那只老挂钟的行走。你愿意与它对时，尽管它时快时慢像一位不断咳嗽的老祖父。

家，使男人拥有食欲，也使男人得以隐匿灵魂之中最为阴暗且最富活力的东西，全世界都在降雨，家就成了一柄满是补丁却经久耐用的伞。伞下有许多充满人间烟火的故事。

家，使男人赢得一个心理和生理环境。你可以在墙壁上胡涂乱抹。在单位，你连独立撰写黑板报的权力都没有。

男人回家，可以看到一个女人，或圆圆的脸或长长的脸。你也可能会看到你的女人和一个陌生的男人在一起。你可能愤怒，也可能向他们表示歉意。这些感受，只有在家中你才得以品味。与广场和大会堂相比，家便表现出一种独特的风格。

家中可能有男人的儿子，但他在你面前成长为一个忤子。家中的一切其实都是可有可无的，但你一件都不曾亲手扔掉。

男人爱家，可能是一个错误。但这一切又都是以这个错误为前提而产生的。于是在这个世界的许许多多错误中，男人爱家便成为"错误大全"中的精品了。

男人爱家，有时你得意地想：情人可以有几个，家却只有一个。于是男人爱家就成为一种战略和战术。男人在这个过程中，成为一名情场上的军事家。

男人，是这个世界上最为脆弱的雄性动物。而男人的家，则是充满平和景象的动物园。在这个动物园中，你虽然失去了天然，却总在需要帮助的时候有饲养员走来。

那饲养员可能是一个小巧玲珑的女人。而你那已经出走在外的儿子，正混在游客之中观赏着并说你属于国家二级保护动物。

你愈发弄不懂家的含义了。

想起工业题材

　　关于文学创作中的题材概念，我以为主要用于文学批评与文学研究，也包括用于高等院校教学。对于作家的写作而言，它不具有启动意义。然而日常生活中，我们习惯于将事物分类，譬如男人与女人就是分类，还有白酒与啤酒、皮鞋与草鞋以及君子与小人、乌龟与甲鱼。从分类学意义上讲这是必要的，所以关于文学题材的分类也是如此。

　　谈到工业题材文学作品，其实它是晚生的。因为只有人类社会出现工业或者说人类进入工业社会，文学创作才可能出现规模化工业题材作品。工业题材文学作品的这种晚生身份可能会使它先天具有某种程度的现代性。如果这种说法成立，我们在探讨工业题材创作与其他题材的关系的同时，还应当看到工业题材文学作品的"胎记"。

　　中国是一个具有五千年文明历史的农业大国。中国进入工业化社会的脚步远远晚于西方世界。而且，在以城市为标志进入工业化社会的同时，中国地理版图绝大部分地区仍然处于农业经济状态，这就使得中国社会出现严重的不平衡状态。即使在近代的上海、天津以及沈阳这样的工业化城市，人们的文化心理仍然普遍根植于生生不息的农业文明王国，这种准工业化或亚工业化特征，就是我所说的中国工业题材文学作品的"胎记"。

　　主流的政治经济学教科书这样告诉我们：中国第一代工人主要来源于失去土地的破产农民。正统的文学史应当这样告诉我们：中国工业题材文学作品脱胎于古老农业文化土壤。从绝对化意义讲，无论近代还是当代的中国作家都是农民的儿子。中国工业题材文学作品，都孕育于有着五千年文明历史的农业大国的精神子宫。

很久以来，中国文学涌现了许许多多优秀文学作品，尤其以农村为背景的文学作品，深深影响了一代代中国读者。譬如柳青的《创业史》、梁斌的《红旗谱》，孙犁的散文和赵树理的小说，还有《山乡风云录》《暴风骤雨》等大量农村题材的文学作品，包括20世纪六七十年代出现的《艳阳天》和《金光大道》，都是名重一时的主流派作品，占据中国文学的半壁江山。

所谓农村题材文学作品与所谓工业题材文学作品相比，前者都有着近水楼台先天优势。广袤的田野，夕阳的炊烟，温暖的炕头，麦粒的清香，灶台的婆媳，田垄的父子，祖传的白银手镯，崭新的黄铜烟锅……这一切人间俗情俗事俗物，无不承载着中国人与生俱来的文化传统和道德观念，传递着中国人熟悉的生命信息，表达着中国人的情理经验，诉说着中国人的家族血缘和人生风光，它产生的亲和力几乎无以抗拒，因为它是中国农业大国的生活画卷。

与之相比，有着晚生身份的中国工业题材文学作品，以城市为舞台，以钢水奔流为背景，以机器轰鸣为旋律，以"社会人"为文学形象，从日出而作日落而息的生活变成现代企业制度下的"三班工作制"，从三乡五村皆为亲戚的近缘关系变成万人大厂相见不相识的陌生人群体，从春种秋收的农耕喜悦变为车间生产线的技术革新争论。与之相比，钢筋水泥的厂房没有乡土气息，动力锅炉的蒸汽没有村头炊烟安详，铿锵的锻锤没有骡马鸣叫悦耳。工业题材文学作品里充满了车间厂房机器设备等毫无情感的人造景观，缺少农村题材文学作品里的原生态风光。俗话说，触景生情。与传统的乡土田园风光相比，工业题材文学作品里的景缺失很可能导致情难生。

工业题材文学作品里的人物形象，以机器精神和钢铁意志屡屡战胜自然时间，在农民眼里不啻寒冬季节收割新鲜稻谷。中国的工业化进程打乱了传袭千年的农业社会时间表，甚至冒犯了四季生态规律。就这样，让中国人进入工业化生活便成为普遍的社会任务，让中国工业题材文学作品进入中国人内心世界也成为中国工业题材作家普遍的社会课题。

在中国农业文化大背景之下，工业题材创作与其他题材的关系，可以说是共生的关系。假若有都市里的村庄，必然有村庄里的都市。这很像家庭出身与本人成分的关系。父亲的个人成分就是儿子的家庭出身——以前我们填写个人履历表的时候，经常遇到这种情况。

如果必须论述工业题材创作与其他题材的关系，我姑且将其喻为同父异母的关系。

新中国成立以来，曾经出现一些工业题材文学作品，譬如草明的《原动力》等。作家下工厂深入生活，也写出不少作品。20世纪六七十年出现工业题材文学作品的创作高潮，基本属于革命年代与计划经济背景下的"主题先行"与"政治图解"，构成一段特殊的工业题材文学史。

改革开放以来，中国工业题材文学作品独领风骚，成为"改革文学"的重镇，譬如以《乔厂长上任记》为代表的一大批优秀作品。但改革的深入给作家们带来迷惘与困惑，工业题材文学创作出现走弱趋势。尤其国有企业经历的巨大变化，承包，优化组合，第二职业，解聘下岗，买断工龄，合同制用工……这一系列崭新的字眼儿所代表的新生活，催促着作家们消化吸收。

与此同时，昔日工业题材作家们积累多年的家底：公费医疗，铁饭碗，劳动模范，班组竞赛，女工委员，班车代表，年底食堂吃结余，长年歇班吃劳保，生活困难吃救济……这一系列烂熟于心的字眼儿所代表的写作资源，一夜之间成为史料而丧失了现实用途。

当代工业题材作家们的这种尴尬处境，好似经历一次"精神土改"。一个个拥有丰富写作资源的"地主"被扫地出门沦为不具备丝毫写作资源的赤贫者。

当然，这里只是用"精神土改"来形容面临社会巨变一时难以作出深刻思考的工业题材作家并不恰当。从这个现场出发，我一时难以找出工业题材创作的特殊规律，只能描述所看到工业题材作家们的这场特殊经历。

改革开放进入高科技时代，新生事物伴随新生词汇大量涌现，其猛烈势头远远超过雨后春笋。尤其农民工来到城市进入工矿企业成为产业队伍的有生力量。一切都变了，人好像也变了。于是所谓工业题材文学创作再次面临巨大挑战。

然而，我还是觉得工业题材文学作品的本质没有发生变化。只要工业题材文学仍然属于文学范畴，只要"文学是人学"的基本定义不会发生走移，那么工业题材文学作品的本质仍然是"人学"。

如果必须寻求工业题材创作的特殊规律，我以为还是应当从文化视角出发。自从人类进入工业社会，渐渐形成具有明显时代特征的工业文化。

既然如此，工业题材文学作品理所应当发掘已然形成多年的工业文化。这种发掘如同老舍先生文学作品发掘北京文化，必将赋予工业题材文学作品以深厚的文化内涵。食堂饭票、加班券、理发票、对调工作、改变工种、涨工资指标，大号铝制饭盒、高温作业补贴、医药费报销、泡病号、迟到早退虚报考勤、冒领工作服、女更衣室、男浴池……这数不胜数的工厂生活细节与生活场所，似乎都应当成为系列文化符号而转为恒久的写作资源，从而丰富着不亚于农村自然风光的大工业文学景观。

工业题材文学作品，不必过分追求尖锐的社会性，不必过分追求匡正的使命感，不必把工业看作推动社会进步的特殊力量……如此这般，工业题材文学作品反而会走出偏见和狭小，使钢铁有了温暖，使机器有了性情，使工人再度成为创造者而不是失落者的形象，从而赢得与其他题材文学作品同样宽广的天地。

具有工业文化底蕴与内涵的文学作品，应当与具有地域文化色彩与风情的文学作品一样，成为文学植物园里的一株高大乔木——尽管它在深秋也要落叶。

然而，春天来了它还是要发出新芽生出新枝的，这才是工业题材文学作品的原本面目，这才是工业题材作家们的原本之心。

井中汲水为谁忙

　　创作心理学的理论认为，一个作家的写作始终为自己的童年经历所注定。美国作家福克纳说："我的像邮票大小的故乡是值得好好描写的，而且，即使写一辈子，我也写不尽那里的人和事。"

　　无论出生在农村还是来自城市，只要看到"故乡"这两个字，你肯定首先想到自己童年生活的场景。因为我们的记忆始于童年，童年无疑是作家的出发地。既然出发了，我们的记忆积累也开始了。

　　我们始于童年的记忆积累，既具有长度也具有宽度，久而久之成为个人的记忆世界。构成记忆世界的内容是什么呢？只要稍加留意就会发现，我们的记忆世界里盛满了自己的往事。

　　无论诗人还是小说家，只要从事写作就应当是个拥有往事的人。往事正是始自童年的人生经历的积累，它是你的"原始股"，时时体现着"增值效应"。

　　写作，正是作家对自身记忆世界的唤醒与发现。写作，使得你拥有的往事从隐性转化为显性，这也是写作的魅力所在。

　　很多年前我在创作谈《井边心情》里讲到，"每每写出所谓反映当下现实生活的小说，我居然感觉它来源于自身往事的翻新。我的小说人物在现实生活中走来走去，我却感觉自己乘坐往事列车驶进月台。我下车看了看手表，不知这是心理时间还是物理时间。我姑且将其命名为'现实主义心情'……"

是的，我还将写作过程比喻为从井中汲水。那原本静静安卧于深井里的水，嗞嗞呀呀被你摇着辘轳打进木桶里，渐渐提升高出井台，一下成为阳光下的"桶装水"。

水还是水。然而，这"桶装水"还是"井中水"吗？我不知道。我只猜测：那水井里盛满水的往事。这桶装水呢？它在离开水井的过程中，或许悄然变形为水井的往事吧。

写作，就是从真实到虚假，再从虚假到真实的过程。这个过程是作家精神化过程。所谓从"看山是山，看水是水"，到"看山不是山，看水不是水"，最终抵达"看山是山，看水是水"的玄妙过程。我比喻的井中汲水，可能也是这个过程吧。我自己的往事在汲水出井过程中，也悄然实现了精神化过程，水的化学成分没有改变，但是物理势能却从"井中水"变成"桶装水"了。

写作就是对往事的唤醒与发现。从这个意义来讲，一个没有"井中水"的人根本不存在井台汲水的可能。一个走上井台汲水的作家，我认为应当是个大孩子。他面对井水就是面对往事，此时他应当是存在客观世界与主观世界接壤地带的人，也是拥有主观世界与客观世界双重身份的人，更是浑身散发着孩子气的成年人。

我认为井中汲水首先表现为孩子气。只有充满孩子气的作家才最容易重返往日世界，进而逼近文学写作的本质。谁能说得清孩子气属于主观世界还是客观世界呢。谁能说得清孩子气是真实的还是虚幻的呢？

作家的童年情结是文学酵母，作家的孩子气是文学酵母的气质特征。一个作家的往事肯定不是寻常意义的往事，它应当是经过文学发酵的。

我的童年生活属于20世纪60年代，回忆起来似乎没有什么值得纪念的人和事。然而我还是牢牢地记住了平凡生活里的点点滴滴，久久回味着。这种回味令我深深沉浸其间，我不知道自己是否篡改着往事。但是我知道发酵。

就这样，这样的往事成为我日后写作的资源——当然是经过发酵的往事。我的所有写作即便是被称为反映当下现实生活的所谓工业题材作品，我认为也是从自身往事化来的，通常所说的火热的现实生活只是触动了我的记忆开关而已，好比我们点亮一盏电灯。我所说的往事的变形，竟然就是当下生活。我所说的当下生活的变形，竟然就是还原往事。这个道理就跟"任何历史都是当代史"同样。

我写《天堂来客》时，完全沉浸在自身往事里，我成为目睹事件全过程的孩子，甚至为当年的某些真人真事所感动。然而，当我写完这篇小说通稿修改时，人物与事件渐渐陌生起来，好像这是我凭中编造的一个故事。老曲、老边，以及纺织女工祁玉等人物，几乎都成了并不熟悉的路人。

莫非我写了别人的往事。那么这个别人又是谁呢？我绞尽脑汁终于明白，这个别人仍然是我。只是我让自己变得陌生了。

一个作家拥有属于自己的真实人生经历，更为重要的还要拥有不那么真实的却属于自己的人生经历，或者通常所说的虚构的人生经历。你虚构的人生经历与你真实的人生经历相互融合，它才是文学意义上的往事。只有在这种时候，我们的写作才能够进入更为自由更为广阔的天地。才会拥有真正的文学记忆，以及我所强调的文学的孩子气。

人若老了依然拥有孩子气，这是多好的事情啊。

不读书无感慨

有那么一段时光，我几次阅读《赫索格》，就是读不进去，只得怏怏然将索尔·贝娄先生束之高阁。这是毫无办法的事情，我真的读不进去。面对这位杰出的美国作家的叙述，我无缘聆听。于是心中非常失意。读不进就是读不进，我必须采取实事求是的态度。因此，我将自己与那些看不懂芭蕾舞听不懂交响乐的"土豪"列为一伍，有自暴自弃的趋势。

后来事情起了变化。记得那是个平常日子——不是圣诞不是春节也不是什么情人节，更不是彩票开奖的日子。那只是极其普通的下午，我无意间又拿起《赫索格》。我是躺在沙发上阅读的。不知过了多长时间，我猛然闻到一股焦煳的味道——当然不是赫索格先生发出的。我只得起身奔向厨房。我看到煤气灶上的铝壶已经烧干，蓝色的火苗顽皮地跃着，嘻嘻哈哈制造出满屋子焦煳味道。我立即关闭灶火，强行终止这次尚未完成的金属熔炼。

我立即转身返回书本前，因为那位赫索格先生还躺在沙发上等我呢。

是啊，赫索格先生，我终于把你读进去了。记得那是一次忘情的阅读。否则，我不会忘记煤气灶上沸腾许久的烧水壶。渐渐我终于明白了：读书，首先是一种心态。古人的青灯黄卷，首先归于他们安贫乐道的读书精神。开卷之前，必然沐浴焚香，崇尚清洁的心态；开卷之后，必然正襟危坐，讲究心情的端正。这种由衷的神圣，使读书具有天人合一的情致。当然，我在这里并不是赞美已然作古的科举道路。我说的只是读书的心态。

什么是读书的心态呢？那就是与人的灵魂律动息息相关的心理状态吧？宦海击浪，商战奔突，急功近利，立见实惠等，都是一种令人心跳目眩的高节奏躁动。至于为了应付考验而临阵磨枪的学生们，表象看似埋头读书，实为苦海挣扎的心理驱动。

读书的心态，首先是灵魂的沉浸吧。一呼一吸，应当与大自然相通，应当与心律相合。

真正的读书心态，使我们毫无心机而忘情于字里行间，霎时成为一个可爱的大孩子。只有在这种时候，你才可能获得巅峰体验。这种巅峰体验，恰恰是金钱买不到的。人间尚存花钱买不到的事物，读书的心态正是如此。

"有一千个观众，就有一千个哈姆雷特。"我觉得这是从接受美学意义上讲的。知晓这句名言很久了，但迟迟未能理解它的含义。前几天我偶然之间翻阅《资治通鉴》，竟然在书中看到一个被称为"君子盗诸"的荆轲，这大大出乎我的经验之外。

从童年我就知道荆轲是个大忠大勇的人物。尤其是荆轲起程上路那首"风萧萧兮易水寒，壮士一去兮不复还"的送别歌吟，曾经令多少人激动不已。

然而，司马光先生在其所著《资治通鉴·秦纪二》里却将我自幼景仰的大忠大勇的荆轲壮士定性为"怀其豢养之私，不顾七族，欲以尺八匕首强燕以弱秦，不亦愚乎"！在司马光这位止统封建士大夫心目中，莽汉荆轲属于不识时务以卵击石的愚钝刺客，毫无人生价值可言。由此我明白了，自幼心目之中荆轲那高大伟岸的形象，乃是《史记》之类书籍的观点对我形成的影响。惨遭宫刑发愤著书的司马子长实乃性情中人，他的思想毕竟不比大宋王朝的君实先生来得正统。于是司马迁笔下的荆轲形象，便闪烁出一种平民精神光芒。

无论怎样，我心中出现了两个荆轲。史家百家争鸣，书有不同版本，人也如此吧？或许还有一千种版本的荆轲。由此我又想到了人。生活之中，常有朋友反目而遂为路人的现象发生。彼此双方，皆惊呼知人知面不知心，大有形同陌路之感慨。这大约可以归纳为"人的版本"现象吧。

人与人交往，其实也是一种人对人的阅读。就其灵魂而言，一个人总会有许多侧面。所谓情人眼里出西施，恰恰正是恋人于情浓意痴之时，将所爱之人的所有侧面都当成正面来阅读。这种阅读可能产生情圣，但也可能因阅读角度的一成不变而难以看到对方"另有版本"。天有阴晴，月有圆缺，而人们不同版本的显现，又往往要在大是大非面前，才能得以考证。然而我们平凡的生活中，又有多少大是大非问题呢？于是"人的版本"便成为一种隐性课题而存在于我们生活的深层结构之中。

如今，关于人的研究已经成为一门显学，版本也日见其多。无论怎样，无论有多少个哈姆雷特，无论有多少个荆轲，在当代社会，人对人的阅读，也应当是一种愉悦吧？而人的"版本"无论有多少种，也应当是向真向善向美的吧？

是啊，不读书无感慨，不阅人无宽谅。我首先感慨自己读书不可装模作样。我继而感慨自己为人不可冷漠刻薄。事情大体如此。

第四辑

怀旧之作

想起李景章

初写小说的时候，我认识的编辑很少。李景章呢，就是我所认识的编辑之一。这些年来，我牢牢记住了他。

记得第一次见到景章是在当时的一个文友家里。偶然相见，他与我只说了几句话，纯属客套性质。后来我发表了《黑砂》，多少有了几分文名。景章从北京写信来，向我约稿。看来他还是记住了我的。当时他是《青年文学》的小说编辑。我给他回信，说如有稿子一定奉上请益。没出几天，他竟从北京来找我了。那时我在市政府所属的一个委员会里工作。下班时分景章突然出现，令我感到意外。他说下了火车连家都没回，过了解放桥直接找我来了。我受到感动，骑自行车驮着他，一路回家去了。

至今我还记得那个冬日晚上，我们穿小巷过短桥，躲避着交警。我们喝酒，他醉在我家，清醒过来就拿走了我的小说《别墅》。很快就发表了。当年，《文汇报》举办"一九八八中国文学新人"评选，我有幸入围。入围的近作就是《别墅》。当时我看不到《文汇报》。事后别人告诉我，说前八名的时候还有我。最后一榜只取五名。尽管没能当选一九八八年文学新人，但够风光了。这个风光，应当说是景章带给我的。是他发表了我的《别墅》。

景章是天津娃娃，考入北师大中文系。毕业留在首都。他的妻子，就是他的大学同学。后来，我将 W 君、G 君、N 君介绍给景章。这样，他在家乡就多了几位相识。

我与景章成了朋友。我还到王串场新村看望过他的父母，都是老实巴交的人。我公干北京，我每次都住景章家。那时他的妻子到外地上学去了，只他一个人过日子，天天喝酒。有一次赶上他当值班编辑，第二天三校必须下厂。我与他校了整整一夜，第二天他迷迷糊糊去了印刷厂。我则躺在他家呼呼大睡。记得那期的稿子里，有傅绪文的剧本《女神探宝盖丁》。同时我也知道景章善写诗，是一个外表粗糙内心细致的男人。

后来中青社给景章分了房子，他搬了家。很长一段时间里，我与他失去联系。一天，我在教堂附近遇到闻树国兄。小闻说刘震云打听李景章在天津的近况。我这才知道景章回了天津。同时我还知道了景章已经离婚，回天津做了水产生意。我与刘震云也认识。朋友寻找朋友，我自然不能袖手。第二天一早，我骑上车子就去找他。没有地址只能凭印象去找。转了三个多小时，我也没能找到。我又到王串场市场，还是打听不到。我知道景章是个极其自尊的人。他回津多日不与我联系，肯定是觉得自己混得不好，羞见故人。我只得快快而归。

在我的印象里他是很爱妻子的。是不是因为他饮酒无度，妻子才离他而去呢？我从心里盼望早日见到景章。

全国青创会在北京二十一世纪饭店召开。天津代表团刚走进大厅，就有人喊我的名字，远远一看，是景章。他形象依旧，肤色黟黑，身体粗壮，脸上毫无表情。我告诉他到王串场寻他不遇的事情。他则小声嘱我，离婚的事情没有告诉天津父母。我知道他是暗示我切莫宣扬此事。当天在饭桌上，他就直言我的小说这几年毫无进步。在我所认识的人里，没有第二个能像景章这样坦诚。有时我甚至想，如果我身边能有几个景章这样的朋友，或许情况会大不相同的。

记不清是缘于一件什么小事，青创会期间我与景章发生龃龉。我永远也不会忘记他说的那句话："克凡，我已经混得够微的了，你就不要再挤对我了。"

回津之后自我反省，我给景章写了一封道歉的信。他很快回信，说朋友之间不用客套。信中，他坚称我们是朋友。看来我与景章，绝对拥有做朋友的缘分——因为他能容忍我的暴躁。

后来，听说他在中青社附近承包了一家名叫金铃铛的饭馆，生意还算红火。我总想到首都去，看看金铃铛饭馆是个什么样子。终是没能去成。后来，饭馆赔钱，景章又没了踪影。去年参加黄山笔会时遇到刘震云，我问他李景章有没有复婚的可能。震云笑了笑告诉我，景章的前妻早已再婚，孩子都满地跑了。

虽然不通音讯，但是我一直没有忘记景章是我的朋友。无论景章死去还是活着，我都这样认为。

那年的十月三号，我正坐在电脑前敲字，电话响了。是我的文学同行N君。N君告诉我，今天上午，李景章死了，死在连云港。目前中国青年出版社急于找到死者在天津的家属。

我蒙了，说我要冷静一下，就放下了电话。放下电话之后我就觉得湿了眼角。我的孩子走过来问我为什么哭了。我说，是爸爸的一个朋友死了。你小的时候，他还到咱家来过，每次都喝得大醉。

是啊，景章的醉倒好像就在昨天。酒醒之后，他穿着一件绿大衣，背着一只蓝色尼龙提包，就匆匆走了。我知道这几年景章内心是极其苦闷的。失去家庭，下海经商屡屡赔钱，只得远走连云港谋生。他开了一个小餐馆，取名"李大秀才"饭店，虽然他在将届不惑之年穷困潦倒，却还是不甘失败，一步步朝前挣扎。据说他与一位当地女子同居，经常在夜间偷偷哭泣而从来不将内心痛苦向她倾诉。景章的自尊表现为他从来也没有忘记自己是个知识分子。我不知道这是他的悲剧还是时代的悲剧。至少我敢断定，景章客死异乡之时，内心一定是极其孤独的。这是一个独来独去的灵魂。

景章父母的住地已经拆迁。我打电话给G君。G君曾在公安局工作。他立即通过户卡找寻。令我感动的是，这几位与景章生前并无深交甚至只有一面之缘的人，却表现出文人的可贵品格，那就是我们通常所说的责任与道义。N君负责与北京方面联络，一天长途电话不断。他无权无势，当然要自己花钱。众志成城，两条线索在事发当天下午同时找到景章的家属，我们终于放心。当天晚上，几位文友聚在一起，共进晚餐。在当今中国文坛，我们可能都是小人物。但这是一次难得的聚会。席间，大家只字不提景章的事情，表现出情感不溢于言表的男人风格。

夜晚回家路上，我深感自慰，觉得我们的灵魂还能够获救。我深信，李景章在天之灵正注视着我们。我们呢，也以自己的行动告诉远在天国的李景章：在人间，我们这几个人还没有变得太坏。

我说的是实话。因此，我任何时候都敢与鬼神对视。

李景章安息吧。

指路人

　　我学习写作的初期，只在无名小报上发表了几篇小小说，内心对文学充满敬畏，从来不敢奢望自己今生以写作为职业。那时候专业作家的称谓分量很重，它不单证明着你的写作成绩同时还证明着你的尊贵身份。我正是在那时候认识肖文苑先生的。一个小若沙砾的业余作者能够认识一位《新港》文学月刊的大编辑，这对我来说是一件非同小可的事情。我写了两首"顺口溜"，经肖文苑先生修改发表在当时的《天津文艺》上。那时候他住在解放南路的一间临建房里，我曾经前去拜访，其目的当然是为了发表作品。在我的印象里，肖文苑先生平易近人，既是编辑又是诗人，但不擅交际。

　　后来我在工厂当技术员，偷偷学着写小说。记得一旦写出一篇小说，我就装入一只剪去一角的信封里，贴上一分五的邮票，投给肖文苑老师并附信请教，其实是谋求发表。

　　可能是我的作品写得实在太差，很长一段时间里我的作品都不能在肖文苑先生供职的《新港》月刊发表。这说明肖文苑先生是一位严师。他的严格，使得我在投稿的道路上不像别人那样一帆风顺，而是显得跌跌撞撞，一副灰头土脸的样子。如今回忆起来，我从内心里感激肖文苑先生。倘若他轻易就将我的作品发出，那么我极有可能成为后来的"文学独生子女"，弱不禁风而且自高自大。

　　一九八二年秋，我将一篇小小说投给了肖文苑先生，然后等待着消息。后来我才知道肖文苑先生其实并不主管《小小说》专栏。等到转年四月份，这篇东西终于发表，之后居然荣幸地被《小说月报》转载。我当时的感觉是耀祖光宗了。

这件事情之后，我跟肖文苑先生见过一面，谈话内容已经忘记了。

我如果没有记错那就是一九八四年，我有幸参加《新港》组织的一个活动，见到一大批天津青年文学才俊，大开眼界的同时又见到了肖文苑先生。那时候我已经是工业机关干部了，但心情比较苦闷，一时不知道今后的人生道路应该怎么走。尽管那时候肖文苑先生只是个普通编辑，我还是视他为师长，真心向他请教。那天下午，我们站在新华路与泰安道交口的边道上，交谈着。

我问道，肖老师我不喜欢现在的工作，您说我这个人做什么工作最合适呢？

肖文苑先生想了想，说写作。他似乎意犹未尽，重复说了一遍，你最适合的工作是写作。

我内心一惊。据我所知，肖文苑先生这样严谨的知识分子，是从来不说过头话的。尤其对我这样的无名小辈，他更不会不负责任地说出带有误导倾向的话语。然而，他却明明白白告诉我，最为适合我的工作是写作。

这就意味着他认为我能够成为专事写作的人。肖文苑先生对我的评价无疑具有很重的分量。我也不知道他为什么那样坦率地指出最适合我的工作是写作。然而我却知道，时至今日也没有第二个人对我如是说。因此，我牢牢记住了肖文苑先生的这句话。有时候，一句话就能改变一个人的一生。

我从事写作以来，认识了许多编辑，也见过许多作家，他们的言辞或睿智或幽默，或尖锐或风趣，统统属于过眼烟云，记不住。只有肖文苑先生对我说的那句话，令我此生难忘。他那带有明显广东口音的普通话，时时在我耳边响起。

学识渊博的肖文苑先生 2002 年仙逝，享年 69 岁。我怀念他，他是我文学道路上第一个指路人。尤其他伸手指出我写作前景的时候，我还是那么弱小，那么没有主意。

真的，肖文苑先生是我此生难以忘怀的人。

仰望天堂

关于一九九七年的夏天，我曾经写下这样的文字记录当时的情形："我带孩子来北京治病，已经两个多月了。人到中年，我遇到了人生严重的挑战。炎热的天气里我东奔西突跑遍京城，为孩子求医问药。我完全忘记自己是一个写小说的作家，我只知道自己是一个父亲，一个身处逆境险关的父亲。有生以来，我所热衷的文学事业第一次离我如此遥远，我甚至完全忘记了它的存在。我唯一的身份就是一个父亲。"

进入秋季后，经杨志广介绍我借居北京和平里，这是高叶梅的房子。借到房子，仍然处于惴惴不安状态中。孩子病得很重，我几乎不知所措。一天，我突然动了给人写信的念头。

平时我还是有几个朋友的。我给他们写信倾诉心声，也在情理之中。可不知为什么，我在夜深人静之时所写的两封信，一封是给天津 T 先生的，一封则是给《上海文学》主编周介人。至今我也弄不明白为什么会给这两位先生尤其是 T 先生写信。关于 T 先生，我平时几乎与他毫无往来，只是十几年前他写过我的一篇评论而已。至于周介人先生，素常我与他也无更多联系。可能这是我自己认定的缘分吧。

我在这两封信里，倾诉了自己的心情。记得那天夜里是有月亮的，我被镀了一层银色。我写在纸上的文字也被天上月亮抹上了光泽。

第二天下午，我去和平里东街上的邮局寄信。我将这两封信投入邮筒之后，突然看到文学评论家雷达，然后就聊起来。就在即将分手道别时，雷达不经意告诉我，上海的周介人突然查出肾癌，已经住院治疗。我惊了，继而十分后悔，周先生已在重病之中，我竟然写信打扰他，这真是罪过。

然而信件已经发出了。

至今我也没有收到 T 先生的回信，据说他活得非常健康，已然淡出文坛而步入仕途，蛮好的。T 先生对我置之不理，其实是极为正常的，因为双方本来就不是什么朋友，冒昧写信的只是我。令我感到意外的是周介人先生的回信很快就寄到我的手里。周先生在信中只字不提他的病，使人觉得他的肾癌纯属误传。他不但不提自己的病，反而对我的处境关心备至。他在信中告诉我："人生很长也很短，很平也很奇……人的一生犹如四季，春夏秋冬会有不同的感受，结出滋味不同的果实。您在最困难的时候要想到还有多少同您在一起的人，能够在心灵上感应您的人，您或许会有一丝安慰……这里有许多双眼睛关切地等待着您，这里有许多双手，如果您感到冷，随时可在这里取暖。"信中，周先生还问我经济上是不是遇到了困难。读周先生的回信我完全可以看出，他是真心实意想帮助我的，尽管他患了绝症。

周先生这封写于一九九七年九月十五日的回信，给我以极大鼓舞。我在难中，愈发懂得友谊的分量。后来我才知道，他给我写信的时候病体已经很虚弱了。他在信中表现出来的深沉爱心与超人坚强，令我泪流不止。

重病之中的周先生是完全可以不给我回信的，就像心宽体胖的 T 先生那样。

然而周先生却给我回了信。我懂得了人心的分量。

后来，我与周先生通了一次电话，那是他出院回家过中秋节。他仍然只字不提自己的病情，却为我的小孩儿推荐了最新药物。我不敢多问他的病况，只能在心中默默为他祈祷。祈祷他对死神说不。

后来，我收到了周介人先生的讣告。

周介人先生病逝的时候只有五十六岁。我是从讣告里了解到他的生平的，在此之前我对他并不了解。我不敢给他的夫人打电话表示慰问。不知为什么我害怕听到她的声音。我到邮局拍了鲜花唁电，我说我真的感到心痛。

记得那年我们游览古镇同里，车过青浦时周先生轻声告诉我这里是他的故乡。如今，他返回故乡前往天堂了。他平时就很瘦弱，我想他一定是朝着天堂飞翔而去的，很轻盈，脸上还带着温和的微笑。

如今，周介人先生生前主编的那本文学期刊，仍然每期赠我，可是我从这本刊物上再也见不到他的名字了。一个优秀的编辑就这样走了。命运有时候真的不公平。

我是个粗人，平时没有保留朋友来信的习惯，但是周介人先生的这封来信我小心翼翼保存起来，视如家珍。我认为他是我的挚友。他在人生的最后阶段所表现出来的人的高贵精神，令我终生难以忘怀。

我为自己能够拥有周介人先生这样的朋友，而感到莫大荣幸。

周介人先生的微笑，使我得以仰望天堂。

也想起罗洛先生

　　读诗人张洪波的《怀人随笔》，正是深夜时分。这是一组怀念文坛前辈的文章，末尾谈到已然仙逝的罗洛先生。张说当年他在《诗刊》工作有幸当过一次罗洛先生的责任编辑，遗憾无缘谋面，至今还保留着先生的一封来信和照片。读到这里我激动起来，起身下床翻箱倒柜连夜找寻罗洛先生的名片，还有那桩往事。

　　我早在诗集《白色花》里读过罗洛先生的诗，譬如《我知道风的方向》里面的句子"我知道风的方向，风打从冬天走向春天，我知道风的方向，我们和风正走着同一的道路啊……"印象很深。我还晓得他是著名的"胡风分子"，经历了大半生的坎坷岁月。

　　那是 1997 年 4 月间吧，我去上海参加周介人先生主持的《上海文学》的笔会。至今我也没有忘记周介人先生亲自接站，立在出站口朝我招手的场景。其实与会者并不多，只有五六位青年作家。那时浦东已经崛起。上海人渐渐拥有了日趋广阔的胸怀。据说，时任上海作协党组书记的徐俊西先生动了将刘醒龙和谈歌引进上海体验生活的念头，只可惜后来未能做成。我正是在这次笔会期间见到了当时的上海作家协会主席罗洛先生的。

　　我是个缺乏见识的人，平日多与本埠粗通文墨的人士打交道，圈子基本没有什么文化氛围。因此罗洛先生高贵的知识分子气质以及敦厚儒雅的长者风范给我留下终生难忘的印象。有时我甚至想，罗洛先生可能是我今生接触的为数不多的真正文化人了——尽管我与他只处了短短两天时间。

在中国举凡大地方的作家协会主席往往是名重一时的大作家。外地来了青年作家出来接见一下，就算是很给面子了。身处大上海的罗洛先生则完全不同。他年逾古稀却丝毫没有文坛大师的架子，总是笑眯眯的表情。我记得冰心老人描叙早年梁实秋先生也曾用"笑眯眯"来形容，令人备感亲切。

那次晚宴是在上海外滩老牌国际饭店。罗洛老人竟然出席了，这令我感到意外。席间，年富力强的叶辛先生坚守滴酒不沾的人生立场。于是难以出现对酒当歌的局面。我记得是谈歌率先起身向罗洛先生敬酒并称他为老爷子的。老爷子笑眯眯地一饮而尽。

我坐在罗洛先生一侧，也端起一盅白酒敬他。老人家照样二话不说，一饮而尽。就这样我们的豪饮开场了。我记得那天晚上刘醒龙和邓一光不在，被《收获》编辑请去吃饭了。于是几个来自北方的青年作家轮番向罗洛先生敬酒，一轮又一轮，他老人家有敬必干，从不拒绝，表现出大诗人的真正随和。我担心他饮酒过多，便故意向他请教保养身体的秘诀，他脱口说出九个字：不戒烟、不戒酒、不锻炼。听罢这"三不主义"满桌人哈哈大笑。我愈发觉得他有着儒雅的外表和放达的胸怀，真是一个可敬可爱的老人。

通过交谈我得知罗洛先生是四川人，当初去了边疆青海，二十多年中止写作转向自然科学研究，不声不响竟然成为生物学方面的专家。中国知识分子的坚忍与不屈，在罗洛先生身上得到充分展现。落实政策之后他担任中国大百科全书出版社副总编辑，后来还担任中国上海笔会中心书记，是一位集翻译家、出版家、评论家、领导者于一身的学者型大诗人。

酒至微醺，我向他讨要名片并且请他签名。他拿起碳素墨水笔对我说，是啊我这么大年岁了就给你留个纪念吧。就这样我有了罗洛先生亲笔签名的名片。

晚宴之后我们去新锦江饭店顶楼的旋转餐厅饮茶。天色已晚。罗洛先生仍然一同前往。记得我们一起喝了咖啡。他对我说，你们这么年轻应当好好写作啊。我看出罗洛先生是真心关爱青年作家的，也是真心愿意跟青年作家在一起的。尤其他的恬然与达观，真的令人难忘。

罗洛先生 1998 年 9 月 12 日在上海病逝。如今，这样的大文人走一个少一个了。多年以来我一直认为自己没有资格撰写怀念老人的文章，便珍存着他生前送给我的名片。他亲笔写下的"罗洛"二字，仿佛镌刻一般。

老王同志

在工厂坐办公室的时候，是技术科室。一张张绘图桌并排摆着，很像学生时代的教室。我的对面是一排明亮的窗。后来调到局里工作，情况就变了。我与一位黑脸庞的老同志相对而坐。没了窗子。这是有生以来我的第一次"面对面"。他就是老王同志。

机关的生活，不比工厂。人与人之间，总有一种壁垒的感觉。一天八小时工作，很少谈及与工作无关的事情。在这种环境里，我也变得深沉起来。

其实，人与人之间的壁垒是可以被阳光穿透的。记得我到局里工作的第一次下厂，就是与他同行的。这次下厂，使我对老王同志产生了好感。

我印象里的机关干部，下厂往往是走一走，看一看，无须什么真情实感。而老王同志下厂，却是一派谦和的样子，发言的时候也很实在。老王同志的这种表现，给我起到一个榜样作用。

在后来与企业打交道的时候，我都努力保持着这种作风。我想，这是应当感谢老王同志的。

与他走近，是因为我发现他是个热爱阅读的人。记得有一次他从发表在《天津日报》上的文学作品里读到一段好句子，脸上的表情兴奋得像个孩子。这令我感到非常惊讶，觉得生活中终于有了风景。不知为什么，从那以后，与老王同志面对面坐着办公就成了一件非常舒服的事情。他的存在，对我是一个极大的安慰。

有时候我的心情苦闷，也愿意悄悄与他说上几句。这在当时那种环境中，如遇甘露。后来一次偶然的机会，我到他家里去了一次。记得那是一个美满的家庭。他有儿有女，已经尽享天伦之乐。这再次令我感到惊讶：一个在家里已经做了爷爷的男人，在处室里工作起来依然自甘人下，这不是每个人都能做到的。由此，我敢断定，即使有朝一日老王同志当了处长，也不是那种颐指气使的人物。

记得一次家里要来客人，我不善烹饪，就向他请教。他思索的表情，看样子倒像是他家里要来客人。第二天上班他给我带来一只紫砂汽锅，说："你不是不会做饭吗？用它做菜最省事，蒸鸡蒸鱼蒸肉，蒸什么都行。"我如获至宝，拿回家去果然派上了用场。

后来，我调到另一个机关工作了。老王同志也退了休。见面的机会越来越少了。偶尔相遇，他总是嘱咐我注意身体。说起文学上的事情，他由衷地为我感到自豪。我知道，这个世界上由衷地为我感到自豪的人并不多。而老王同志为我感到自豪时的那种目光，乃是真正的热忱。

每次见面，我都不愿告诉他文坛上的风风雨雨。让一个善良的老人知道太多的丑陋，是一种罪过。

我就告诉他，我现在混得很好。他显出非常高兴的样子。

虽说老王同志是我记忆中难得的好人。但只要在文坛这个名利场上忙碌起来，我就很难再想起他来。一晃，几年过去了。

记得我刚刚使用电脑不久，一天早晨门铃响了。我无权无势，平时几乎无人登门造访。这是谁呢？开门一看竟是老王同志！

他就朝我无声地笑着。虽然笑容依旧，但我还是看出他明显地老了。他说要看看我住的房子。我不知道怎样招待他。看了看我的电脑，他连声说："打扰你写作了。"那表情，蕴含着一种真正的惶恐。在他心中，我仿佛已经是一个终日繁忙的大人物了。

他拎着一只沉甸甸的提包。有那么一个瞬间，我觉得他是有什么事情要托我办。这个瞬间足以说明我已经变得市侩，尽管我根本无能力帮别人办事。

老王同志从提包里拿出一只紫砂汽锅，接着又拿出一只冷冻的母鸡。然后他很是难为情的样子对我说："也不知道该给你拿些什么来……"我连忙说："您这么大年岁了，怎么还大老远地跑来看我呀！"之后，我就说不出话来了。

他果然担心误了我的写作时光，只坐了一会儿就匆匆走了。我将他送到公共汽车站，看着他上了车。老王同志的确是老了。

他为什么要送我这只紫砂汽锅呢？回到家我一直这样想着。从一个磕痕上我认出，这正是当年我找他借过的那只紫砂汽锅。岁月悠悠，我终于明白了，这些年来，真正有念旧情绪的是老王同志而不是我。在他心中，肖克凡永远是那个与他同处一室相对而坐的小伙子。这个小伙子需要紫砂汽锅。而我，却已将那间办公室忘却了。我的所谓怀念时光，只不过一时情绪而已。

我记得老王同志的年岁，比我父亲还要大。我将那只紫砂汽锅珍存起来了。

回忆陈子如先生

记不清第一次见到陈子如先生是哪年哪月。只记得他来天津市作家协会坐在秘书长办公室里，身穿蓝色呢子上衣。我与他握了握手，寒暄几句。尽管记不清具体时间，我敢断定这是 20 世纪 90 年代初期的事情。

其实，早在 20 世纪 70 年代我便知道子如先生大名。那时候他经常在报刊上发表诗歌，而且知道他是西郊区作者。那时的西郊区就是现在的西青区。

后来，我与子如先生有了接触。他在西青区广电局任职，还是区委宣传部副部长。2004 年纪念天津建城 600 周年，我组织天津文学院作家骑自行车沿大运河采风，首站就是杨柳青。

后来我几次到西青区参加文学活动，都与子如先生有所接触。尽管接触不很密切，却总是一见如故的感觉。他给我的印象很好，比如喝酒挺实在的。一个人的酒风肯定与人品有关。因此我很愿意与他交往。

我在底层社会生活多年，喝酒时能够听懂他言谈中的民间俚语和隐语，这令我感到亲切。这种亲切使得彼此间没有什么距离感。

就这样，尽管我不是个热衷饭局的人，然而举凡子如先生召集聚会，我一如既往地参加。如此回忆起来，心情挺沉重的。他不该喝那么多酒。

子如先生出身津郊农村，写作多年出版了不少散文集与小说集，还有长篇小说。尤其他的最后这部长篇小说《溶洞》是天津文学院重点扶持项目。但是囿于不便言明的原因，这部书籍的出版我没有帮上他，至今内心愧疚不已。

相比之下，前几年我因一件私事求助于他，他则实实在在地帮了我。因此，我牢牢记住了他对我的好。

今年终于看到《溶洞》在《天津日报》上连载，我真心为他的写作成就而高兴。后来朱国成告诉我子如先生患了肝病。我乐观地以为他肯定会与疾病达成平衡状态的，这样他就会继续写作下去。

尽管疾病在身，子如先生从来没有跟我提及自己的病况。这说明他的性格，也说明他的为人。他可能认为跟朋友谈论病情并不是件愉快的事情吧。

患病后他不喝酒了，与朋友们聚会时也少了幽默语言的迸发。不知为什么，我认为他内心是个规规矩矩的人。

身在官场当然要讲规矩。于是，他选择了写作。他在写作中赢得心灵自由。这种心灵自由，使子如先生成为一个属于文学的人。文学，又使他成为一个可敬而可爱的人。

一个可敬而可爱的人就这样走了。好在天堂里还有文学伴他。这使他不会寂寞。我们在人间社会为了战胜寂寞，已然付出多么大的努力啊。

想念他——想念那个身穿蓝色呢子上衣的陈子如先生。

怀念闻树国

　　闻树国在天津文学界和出版界，长期以来被人们称为"小闻"，至少在我认识他的时候（一九八六年）是这样，后来仍然是这样。然而这个被称为"小闻"的人却早早走了，走得令人难以置信。

　　四十五岁的闻树国故去后，我竟然听到关于他的多种死因，版本甚多，荒诞不经，不足以信。在导致闻树国意外死亡的关键环节上，我知道有一只该死的电度表。

　　如果我没有记错，树国是二〇〇一年五月初借调人民文学出版社的。那时候我正跟桂雨清给李少红导演写电视剧本《蟋蟀大师》，一住北京就是四十多天。小闻进京那天，我们恰恰交了剧本回天津了，跟他没有碰面。小闻住进人民文学出版社为他安排的一间宿舍，是平房。这间平房里装有一只电度表。就是我们常见的那种普通电度表。

　　树国住进这间平房便投入《文学故事报》的编辑工作。只要认识闻树国的人都知道他是个工作狂，无论在《小说家》还是在《天津文学》，均是如此。否则他一个没有正规学历的人也不会早早被百花文艺出版社提拔为副总编辑。在百花工作期间他给很多作者出了书，有一次他给河北省一位名气不大的作者出了书，据说铁凝同志曾称赞他"有文学的良心"。

　　小闻在《天津文学》工作一段时间，然后进京主编《文学故事报》，给人家打工，敬业精神有增无减。短短半年时间，报纸面貌大为改观，印数一路攀升。每次我在北京地铁里看到他主编的《文学故事报》都会买上一份，那心情就跟看见颇有成就的老朋友一样。后来我听说，人民文学出版社视小闻为特殊人才，决定将他正式调入。

然而，他的居住条件并不好。住在那间老式平房里。他白天在出版社工作，晚间经常在办公室加班，因此在宿舍的用电量并不太大，可电度表读数却很高。树国是个极其认真的人，他将电表异常的情况及时反映给出版社后勤部门，还请来了电工师傅。经过检查确认这只电度表转得过快。于是社里对他说，电度表咱们也修不了，这个情况我们知道，您该怎么用电就怎么用电吧。

可闻树国却不是这样的人。他的性格深处有着与生俱来的拘谨。这种拘谨，有时候会变成严于自律的绳索——自己成为自己的看守。如今回忆起来，小闻这个人留给我的最深印象就是不说谎话。生活中每逢必须以谎话为自己开脱或开路，他往往选择沉默。

闻树国遗孀朱耀华告诉我，有一天小闻给她打电话，说天冷了打算安装一只煤炉取暖。小朱说烧煤炉很麻烦你还是用电暖气吧，反正电费由社里担负。小闻说现在电度表就转得飞快，一旦使用电暖气恐怕电费极高，还是烧蜂窝煤吧。

就这样闻树国在这间平房里安装了一只煤火炉，而且买了几百块儿蜂窝煤以备取暖之需。我猜想，那只蜂窝煤炉子也确实曾经给小闻带来了冬夜温暖。那跳跃的炉火曾经照亮他清瘦的面庞，将他修长的身影映照在墙壁上。他临死前的那个夜晚打给爱人小朱的电话里说，我感冒了想煮些稀饭喝，一会儿就点着炉火。

不知为什么，夜里就出事了。那是二〇〇二年一月十四号深夜，杀人的一氧化碳窒息了他的生命。我到医院太平间探望小闻遗体，发现他脸上留有因爬行而擦破的伤痕。我想象，小闻翻身下床挣扎着朝着门口爬去，最终却没能越过那道求生的门槛。

我要诅咒那只杀人的煤炉。我更要诅咒那只该死的电度表。我不知道如今它是不是仍然挂在人民文学出版社宿舍的那间平房里，反正我认为那只电度表早就该死了，然而它却抢先谋杀了一个名叫闻树国的优秀编辑。

小闻啊，我真不明白你为什么把那只转得飞快的电度表看得如此重要。我国电力事业发展迅猛，日常生活并不缺电，况且人民文学出版社也从未吝惜过那几个电费，你怎么可以被这样一只该死的电度表给谋杀了呢？

你的这种结局留给我们长久的疼痛。无论是煤炉还是电度表，一个人就这样被一件简易的器物给毁灭了。而且身后还引出几种不同的死因。

然而只有我知道，你死于内心的自己。

闻树国生前写了十几本书，第一本叫《传说的继续》，显得深奥难懂。后期著作多与神学有关，其实闻树国是个小说家，发表于一九八八年的中篇小说《黄雨》是他的成名作。后来我们还合作写过电视剧《三不管》。他却博得了编辑家的名声。由于说来他属于两栖人物，既能编也能写，确实是个难得的人才。

北京文学界朋友们普遍为闻树国的意外死亡感到悲伤。十月文艺出版社副总编辑顾建平先生带头为小闻家属捐款，多人响应。

云南的《大家》杂志社为了纪念闻树国，决定授予他红河杯·文学特别奖。初春天气里，我冒着寒风一大早儿从天津赶到人民大会堂为亡友领奖，见到了很多小闻生前的作家朋友。我听见坐在我后排的作家莫言小声说："我要是知道今天给闻树国发奖就不来了，心里多难受啊。"坐在旁边的池莉女士也是默然无语。陈可雄先生激愤地对我说："怎么能让小闻住在没有暖气的房子里呢。"

为了纪念亡友，我站在领奖台上发表简短致辞，我说："作为闻树国的生前朋友，我代替他的家属前来人民大会堂领奖，内心感慨万千。一个作家、编辑家的英年早逝，确实令人感到悲伤。《大家》杂志社于闻树国身后将"红河杯"文学特别奖授予他，又确实令人感到欣慰。我认为这就是文学的力量，我将永远记住今天这个时刻，我将永远不忘今天这份文学亲情。是的，我们在生活中有时表现得很怯懦，然而今天我切实感受到文学的勇敢精神，同时我还感受到文学的道义。因此，我要说真正的文学精神仍然是投射在我们平庸生活里的一缕阳光，每逢大晴天她便照耀着我们的良心。今天正是这样的晴朗天气，因此我要感谢地处彩云之南的《大家》杂志社，还要感谢谢冕、余华、王干、金庸、李潘五位评委，感谢今天出席发奖仪式的各界朋友们。我相信，我的故去的远在天堂的朋友闻树国先生此时正在微笑着，他的微笑里仍然含有几分可爱的羞涩。"

致辞之后我接受了记者们的拍照。在闪光灯的照耀下我终于明白生离死别的含义，而怀念一个人，往往是一生的事情。

如燔之火不熄

一九九七年七月十二日，我站在北大医院收费窗口前办理住院手续，无意间看到旁边窗口有位长者。我立即认出这是陈玉刚先生，就轻声问道："您是陈伯父吧？"他一时认不出我，略显迟疑。我说出自己的名字并询问他给谁办理住院手续。陈玉刚先生语调低沉地说，给你陈伯母啊。

我称陈玉刚先生为陈伯父，称他夫人陈玢先生为陈伯母。那是从一九七七年开始的。

我开始练习写作是二十世纪七十年代中期，正在地处远郊的一座大工厂里当工人。那时我不到二十岁，身边多是些目不识丁的"三条石"老工人。工余时间我偷偷阅读文学书籍，唐诗宋词什么的，同时更为求教无门而感到苦闷。记得我每逢公休日就四处拜师，向当时的作者们求教，内心企盼能得到高人指教。这种心情比作久旱禾苗企盼甘雨，一点也不过分。

一九七六年我离开工厂外出上学。那座学校的团委副书记竟然是我五年前打篮球结识的陈余，他出身书香门第是陈玉刚先生的公子。可能是出于文学缘分吧，我与陈余兄渐渐成为好友。他知道我喜欢写作，还特意给我提供了显露文才的机会。后来我到陈府拜访，有幸见到了陈玉刚陈玢二位先生，终于有了向文学前辈求教的机会。

那时候，陈玉刚先生在百花文艺出版主持《红楼梦学刊》，不但精通外语而且汉学功底深厚，是一位深受尊敬的资深编辑，曾经编辑过郭沫若、茅盾、叶圣陶、冰心、巴金、老舍等一代文学大师的书稿，很有学问。陈玢先生则出身名门，曾在河北大学外语系任教，讲一口地道的北京话。结识了这两位先生，没有受过多少教育的我，愈发对文化产生强烈向往。

我记得那时陈玉刚先生正在编辑《论凤姐》，与王朝闻先生住在海南修改稿子，因此见面不多。多年后我与薛焱文兄交谈，得知当年他也参加了《论凤姐》的编辑工作，颇有相见恨晚的感觉。后来，我与陈玉刚先生接触多了，经常趁机向他请教。

认识陈玉刚先生之前，我对文学的认知仿佛是一团乱麻，毫无头绪。经过他的指教，我终于懂得要从文学史着手，弄清何为源，何为流，以及中西文学的相互比较。他给我讲过《郑伯克段于鄢》，我也向他请教过《阿房宫赋》，收获颇大。他还告诉我，文学创作想象力非常重要，一定要多多读书。他的教诲不啻一缕阳光，照亮了一颗年轻求知的心。后来我在《新港》上读到他翻译的苏联小说《一瞬间》，方知老一辈编辑家的学贯中西。陈玉刚先生的学者气质，给我留下难忘的印象。

其实，我接触更多是陈玢先生。她是一位很有文化教养的前辈，令我获益匪浅。我成长于红色革命年代，对西方文化几乎一无所知。有一次录音机放音乐，我就问陈伯母这是《延安颂》吧。陈伯母温和地对我说，这是《小夜曲》。我不好意思地笑了。

一九七八年五一节居委会送来海蟹，说是慰问军属（当时陈家三公子陈樨在海军服役）。陈伯母热情留我吃饭，那个年代里，这海鲜令我好生解馋。

二十世纪八十年代中期，陈玉刚先生奉调北京，先后在几家大的出版社担任社长和总编辑，同时他还参与了《中国新文艺大系》的编撰工作。尽管公务缠身他仍然笔耕不辍，著作勤奋，尤其是他的《中国文学通史》，洋洋百万言，上起先秦，下至现代，在对浩繁的中国文学遗产按照科学体例进行编述的同时，又突破了一般文学史难见评述的范例，采取中外文学对比的方法，每章均设有中国本时期文学与同期外国文学的比较，成功地将这部中国文学通史放置于世界文学史的坐标系中，一经出版即被学术界誉为"文学编年史的重大突破"。人生晚年，淡泊名利的陈玉刚先生老当益壮，古稀之年夜以继日地伏案工作，注解《三字经》《百家姓》《千字文》《千家诗》，出版了中华传统启蒙教育读物《三百千千》，为全中国的孩子们做了一件大好事。

后来，陈玢先生在北京去世。不久，陈玉刚先生也返还道山。他一生编辑文稿近千种，总计九千余万字，成就卓著。他以鞠躬尽瘁的精神，走过了一个出版家、翻译家、文学史家的一生。好在二位先生留下了著作，令我们得以长久怀念他们。

如今，百花文艺出版社出版二位先生合译的《马克思诗选》，这真是一件功德无量的事情。从炎文社长在任上，到立华社长继之，终于使这部伟人诗集得以面世。捧读这部译稿，往事浮现眼前，我仿佛看到陈玉刚陈玢二位先生，慈祥地站在远方——那里正是天堂。

如今，陈氏长孙陈玳玮继承家学，正在攻读博士。我以为，这是足以令陈玉刚陈玢二位先生在天之灵为之欣慰的事情。一个家族的文化传承，宛若泉水而永不干涸。它无声，却滋润着人们心田。

陈玉刚陈玢二位先生的译作《马克思诗选》的出版，好像一朵散发着幽香的花朵，重新绽放了。在社会多元化的今天，这可能不是一部多么引人关注的书籍，但是深知其内涵的读者们，必然懂得它的价值。因为，如爝之火不熄。

我说孙犁先生

　　纪念孙犁先生诞辰 100 周年，这是盛事。我写纪念孙犁先生的文章，其实并不恰当。如今孙犁先生远在天堂，我仍然只是他的普通读者。尽管我是土生土长的天津人，从小学到中学几乎每天都从天津日报大楼门前经过，却从来无缘得见这位文学大师。我唯一见到的作家孙犁静静仰卧在鲜花丛中，那是他的遗体告别仪式。2002 年 7 月，热天。

　　告别仪式结束，人流退出吊唁大厅，远避暑热，尽快散尽。四周静寂无声，空气里弥漫着虚无般压力，令人腿沉。我无意间回头看到大厅外走廊尽头，一个孤独而抽泣不已的背影。我走过去拥抱了她——天津日报专刊部主任孙秀华。她继续颤抖着，我感到这是真正的哀伤者。

　　这是我唯一一次见到孙犁先生，却是他灵魂走向天堂的时刻。于是我的怀念文章肯定是不及格的。然而我还是要怀念尊者。

　　我是 1988 年 3 月调入中国作家协会天津分会的，当时天津作协主席正是孙犁先生，小字辈儿的我没有机会见到他。人们提及孙犁往往与《天津日报》联系起来。天津解放后，1949 年 3 月 24 日孙犁先生创办《天津日报·文艺周刊》，新中国初期便培养了刘绍棠、从维熙、房树民等青年作家，包括天津的阿凤、万国儒、董迺相、张知行等工人作家。记得多年前曾有业余作者兴奋地说收藏有孙犁先生墨宝，竟是"文革"后期孙犁先生恢复工作后用毛笔正楷写给他的退稿信，落款为天津日报文艺部，自然是文学大师的真迹。可见孙犁先生在广大业余作者心目中的分量。

从 1949 年 3 月创办到 2013 年 5 月，《天津日报·文艺周刊》已然持续出刊 2420 期。在文学并不热门的当下，它的接班者继续培养着新生代文学作者。这也是孙犁先生留给我们的重要文学遗产。

20 世纪 80 年代，我有幸在《天津日报·文艺周刊》发表作品，不过那时孙犁先生已然退休在家了。我还在孙犁先生主编的《文艺·双月刊》多次发表小说。这份刊物也是他培养青年作家的园地，发表过铁凝小说《灶火的故事》。同时也是老作家们展示不老宝刀的阵地，有冰心奶奶的散文《紫竹林怎么样了》，还有舒群先生的小说《美女陈情》。如今《文艺·双月刊》编辑邹明、李牧歌夫妇早已仙逝。我感激他们对我的培养，怀念早已停刊的《文艺·双月刊》。

其实，我知道孙犁的名字，还是比较早的。大约在 20 世纪 60 年代中期，不知为什么家里有《新港》和《延河》两种文学杂志。我在《延河》上读到张贤亮的诗，如果我没记错的话，好像是诗人躺在稻草垛上，遥望星空。我在《新港》上读到孙犁先生的《风云初记》，这是长篇小说连载。

我读到的《风云初记》章节里，变吉哥当了八路，行军途中驻扎小山村，战士们蒸了一锅小米饭。房东媳妇的小女孩儿感冒发烧，昏睡醒来闻到饭香，弱弱地只说出一个字："香——"

变吉哥问房东媳妇这孩子怎么啦，她怀里抱着孩子低头轻声说："发热。"

那时候我是个 10 岁的男孩儿，一下便被这生动传神的文学语言吸引了。于是我牢牢记住《风云初记》作者的名字：孙犁。从此我开始了自己的文学阅读。后来，我知道文学界有个"荷花淀派"，河北省不少青年作家比如韩映山、周渺等人都是孙犁先生的追随者。长大以后，我读了他的其他作品，比如小说《铁木前传》，文论集《文学短论》。

通过一次次阅读我看到，孙犁先生非常关注青年作家的成长，而且尽是素不相识者。比如当年陕西青年作家贾平凹、山东青年作家李贯通、部队青年作家莫言，孙犁先生读了他们的作品，然后写了评介文章。孙犁先生同样关注天津青年作者，他给袁玉兰、黄淑兰写信，鼓励她们的散文创作。

后来我成为文学从业者，更多地阅读了孙犁的散文。他的《秀露集》《晚华集》《尺泽集》《澹定集》《老荒集》《远道集》《陌巷集》以及《曲终集》

等，使我受到强烈震撼——那是多么拙朴的文字啊，直入心脾。由此我认识到孙犁的散文成就。有时候我甚至这样想，当代文坛对孙犁的文学成就之评价，并未到位。尤其是孙犁后期的散文创作，被文学评论界称为"新孙犁"，理所应当受到更为充分的关注。

我没有直接与孙犁先生打过交道，这可能与我孤僻的性格有关，面对文学大师怀有自卑心理。但是，我以为有几次间接地与他打过交道。那是20世纪90年代，总有孙犁的信件寄到天津作家协会，日久成堆。看到这种情况，我便打捆装包，骑着自行车顺路交给孙秀华，由她转给住在鞍山西道的孙犁先生的邻居。我敢断定，孙犁先生不会知道这些信件是我送到天津日报社的。那时他年事已高，远离文学界，独自在家写着炉火纯青的散文随笔。我在百花文艺出版社《耕堂文录十种》首发式上说出这件事情，不怕有人诟病我沽名钓誉，我只想告诉大家，对一个无权无势的老作家，应当保持基本的尊重。

后来，我随团参观孙犁先生在河北省安平县孙遥城村故居。他屋后就是一条通往县城的土路，蜿蜒而去。我想象他在白洋淀，想象他在安新镇，想象他在北平做小职员，想象他在延安窑洞里读书，想象他在油灯下编辑"冀中一日"征文，想象他建国初期在青岛养病，想象他晚年隐于闹市……

有人说孙犁先生性格冷淡。我记得读过他的诗歌《柳絮》。诗中流露的情愫，令我想起他在忆旧怀人文章里提到早年保定教会学校女生工淑。我喜欢具有真性情而不轻易流露的个性化作家，不喜欢冷漠而不断评点社会现象的宏大型作家。

我只是孙犁先生的普通读者，可惜无缘目睹他生前的风采。我没有资格评论他的作品与文学成就。如果必须让我表达敬意，我认为孙犁先生是一位风格独具的作家。在中国当代文学史里，著名作家宛若灿烂群星，耀人眼目。然而能够在这庞大星系里创立自己文学风格的作家，并不很多。我以为，孙犁先生的独特意义就在于此。2012年，文学大师远行10年了，我只能说孙犁永在。他留给我们的那些风格独到的文学作品，无疑使他能够长久地存活在读者心里。

如今，很少孙犁先生这样耐得住寂寞的作家了。他的汉白玉雕像立在天津日报大楼前，表情依然。逝者远去，我们认识他的最好方式就是阅读他的作品。我们今天纪念孙犁先生，就是对文学的尊重。因为我们已经变得不那么懂得尊重了。

我已经将孙犁的文学作品推荐给我的孩子阅读。我在 10 年前孙犁先生逝世时接受记者采访说过："孙犁是一面迎风也不招展的旗帜，即使是在暴风雨来临的时候。"

今天，我仍然这样认为。